箱館奉行所始末

異人館の犯罪

森 真沙子

時代小説

二見時代小説文庫

目次

箱館奉行所始末——異人館の犯罪

第一話　自分の流儀

一

支倉幸四郎《はせくらこうしろう》が江戸からの長い陸路の旅を終え、下北《しもきた》半島最北端に立ったのは、元治《げんじ》元年（一八六四）七月十日のことだった。

箱館《はこだて》へ渡るには、津軽海峡が最も狭くなる、この大澗《おおま》からが最短という。この日は東風《やませ》が吹き、絶好の渡海日和《びより》だった。

陽が昇ってすぐ船は浜茄子《はまなす》の咲く岸を離れ、夏陽に輝く海面を滑るように北へ向かった。

カモメが騒がしく鳴きながら、どこまでも船を追ってきた。

揺れる舳先《へさき》に立って、茫々とした海峡の彼方《かなた》に目をこらすと、水平線上に薄い雲のように連なる山々が見えている。

「あの山は……?」

そばで綱を巻いていた赤銅《しゃくどう》色の肌をした老水夫に問うてみる。

「蝦夷《えぞ》でごぜえすよ、お武家様」

潮風に潰れたような塩辛声が返ってきた。

「ほう、かように近く見えるものか」

遠い遠いと思い続けてきた蝦夷ガ島が、今はもう目前に見えているとは。

「晴れた日だけじゃがの。右が恵山《えさん》で、左が箱館山……。カモメの鳴く音《ね》にふと目を覚まし　あれがエゾ地の山かいな、ソイ……」

老水夫は手を休めず、語りの続きで口ずさんだ。

聞くともなしに聞いていた幸四郎は、思いがけず落涙を覚えた。

六年前に祖父と父を相次いで失った時さえ、見せなかった涙である。慌てて海を眺めるふりをして背を向け、涙が出るにまかせた。

江戸を発って二十九日め。

まだ独り身の若い旗本が、荷物は船便で送り、用人《ようにん》、若党、中間《ちゅうげん》、足軽など数人を従えての赴任の旅だった。

夏の奥州路は雨が多い。落雷で裂かれた立ち木が目立つ荒野で雷雨に遭ったり、昼夜なしのやぶ蚊の襲来を受けたが、六月の江戸のうだるような暑さに比べれば、まだしのぎ易かった。

神田お玉《たま》ガ池《いけ》の千葉《ちば》道場で鍛えた北辰一刀流《ほくしんいっとうりゅう》の腕と、伸びやかな五体には自信があり、青森手前の野辺地《のへじ》までほぼ百八十里（七百二十キロ）を、予定通り二十三日で歩き通した。

だがその先で田名部《たなぶ》道に入り、下北半島に向かってからが難儀だった。海沿いの道が豪雨による崖崩れで進路を塞がれ、食料もない廃屋に宿泊せざるを得なかった。

また毎朝七つ（四時）発ちの強行軍が祟《たた》り、思わぬ発熱に見舞われたりもした。

その間、胸中には、突然のこの赴任命令に、言うに言われぬ不服従の思いが燻《くすぶ》り続けた。といって徳川の禄《ろく》をはむ身であれば、誰を恨むこともない。

（幕命とあれば、北の果てまでも行くしかあるまい）

そう思い諦めてはいたが、蝦夷の山々を見たとたん心が折れた。異郷へ下《くだ》る我が身が、急に現実のものとなったのだ。

「……それは何という唄だ」

照れ隠しに問うてみると、また塩辛声が返ってきた。

「江差追分《えさしおいわけ》でさ、お武家様」


箱館への赴任命令が下った時、幸四郎は顔色《がんしょく》を失った。

この自分にあのくそ寒い蝦夷へ行けと？

神君家康《いえやす》公の頃より、代々旗本としてお膝元に詰めてきた支倉家の跡継ぎに、北辺の原野で異人どもの番をせよと？

蝦夷赴任には左遷の匂いがつきまとう。有能でも、幕閣と衝突したり、不始末をしでかして、飛ばされる場合が多いのだった。

そもそも、蝦夷をまともに知っている者など周囲にいなかった。

「蝦夷ガ島ってどこにあるのですか」

まずは母にそう訊かれた。大抵は北のどこかにある蛮族の島と思っていたし、中には鬼ガ島と混同している者さえいたのだ。

さすがに友人たちは知っていたが、幕臣でさえ箱館は松前《まつまえ》の一部と思っていたり、箱館奉行所は松前の出先機関と勘違いしていたりした。

時あたかも、ペリー来航から十年ちょうどである。

今や徳川の世は、攘夷《じょうい》か開国か、尊皇《そんのう》か佐幕《さばく》かで議論が煮えくりかえり、吹きこぼれる寸前の薬缶《やかん》のごとくだった。世の中、このまま治まるはずはないと、将軍から足軽まで分かっていた。

皆の目が一斉に西国に惹き付けられている時節、なぜ自分だけ誰も知らない北に向かわねばならないか。危急存亡の主家のために戦いたいと望むのは、幕臣としてごく当然の心情だろう。

ちなみにこの元治元年とは——。

安政《あんせい》、万延《まんえん》、文久《ぶんきゅう》と、時を追って崩れゆく徳川の世の、最後の〝峠〟などと言われる。

文久の三年間が終わると、前にはまだ残っていた幕府の神通力も、〝文久大勢一変〟と言われるほど、劣化が進んでいた。

元治はその後に来た、つっかえ棒のようだった。

その元治もわずか一年で終わり、次の慶応《けいおう》から、幕府は雪崩《なだ》れを打って崩れていくことになる。

この年、幸四郎は二十三歳。

五百石の旗本支倉家を継いだばかりであり、家には四十を越えた母親と、六つ年下の弟がいた。一人息子として大事にされた時期が長かったせいか、おっとりしてやや不器用な若者に育った。

だが書物をよく読み、幕政への建白書（意見書）を書いて、採用されたことも何度かあった。

昌平坂《しょうへいざか》学問所では、洋書を読みこなして優秀な成績を収め、小普請《こぶしん》組から外国奉行の書物方に任じられた。下役として、外国から送られる書物や書翰《しょかん》を、吟味検分する仕事である。

箱館行きは、そんな公務に馴れた二年めのことだった。

新しい肩書きは支配調役《しらべやく》。禄高は百五十俵十人扶持《ぶち》で、役金九十両を支給される。

ちなみに調役とは――。

文字通り、取調べや調査に当たる職責の長である。奉行、支配組頭《くみがしら》（副奉行）、支配勤方《つとめかた》（副奉行補佐）に次ぐ役職で、六名いる。その内一人は江戸詰、一人は蝦夷地巡回で、箱館常勤は三～四名となる。

その配下に調役並、同下役、同出役《しゅつやく》がいて、四百名以上の奉行所役人の中で半数近くを占め、中核的な役割を担《にな》っていた。

「これは大変な栄転だ、めでたい」

　と親しい友人達は口々に励ました。

「今や箱館は、幕府の北方政策の拠点になっている。この人材払底《ふってい》の折、幕府があの小出《こいで》様のような生え抜きを奉行に据えておるのが、その証拠だ」

「これまでの蝦夷政策が、お粗末過ぎたのだ」

　それは当たらずとも遠からずだった。

　幸四郎を待ち受ける奉行小出大和守《やまとのかみ》は、二十九の若さで箱館奉行に抜擢された傑物として知られる。だからその下に配属される者は、間違いなく逸材である、と友人達は言うのだ。

　だが現実に行く身になれば、他人事《ひとごと》だからそう気楽に言えるのだとしか思えない。

　幸四郎は、自分が放り込まれることになる蝦夷について、地理はおろか、その歴史についてもほとんど知識がなかった。

　ただ有り難いことに、江戸詰の箱館奉行所役人が親切で、必要な知識を伝授してくれた。幸四郎自らも御文庫（図書館）から関連書物を借り出し、読み漁《あさ》って頭に叩き込んだ。

まずは地理である。

箱館は津軽海峡に突き出した渡島《おしま》半島の東端にあり、松前は西端にある。箱館から松前まで、海上を行けば半日余りだが、陸路なら三日がかりの道のりだ。

次に箱館は、幕府の天領（直轄地）で、奉行所は幕府の役所である。支配は時の老中水野忠精《みずのただきよ》で、上級役人には旗本が任命される。

ただ長い徳川の世で、箱館がずっと天領だったわけではない。

幕府はこの広大な島の統治と北辺の警備を、外様《とざま》の松前藩に委《ゆだ》ねてきたのである。松前は自領の統治に熱心で、原住民アイヌを未開のまま隷属させてきた。おかげで蝦夷は、幕府の手が入らぬ暗黒の島だったともいえる。

豊かな蝦夷の資源に目をつけた為政者が、いなかったわけではない。

すでに天明《てんめい》の頃、老中田沼意次《たぬまおきつぐ》が、大がかりな探検隊を蝦夷に送っている。まずは全島を踏破し、それまで正確な地図もなかった蝦夷の、実測地図を作ろうとした。そのことでロシア人の侵攻に備え、沃土の開発に幕府財政の活路を見出そうとしたのである。

だが田沼は松平定信《まつだいらさだのぶ》によって失脚し、二年をかけてほぼ完成していたその歴史的な壮挙は、水泡に帰してしまう。以後、激化する一方の北の脅威に対し、幕府の対応は鈍く、なかなか重い腰を上げなかった。

その十年後の享和《きようわ》二年（一八〇二）、将軍家斉《いえなり》の世に、ようやく蝦夷は天領となり、箱館に初めて奉行所が開かれた。正式名は箱館御役所である。

蝦夷を召し上げられた松前藩は、陸奥国梁川《むつのくにやながわ》（福島）に追いやられ、九千石の知行を与えられた。

ロシア使節レザーノフが、軍艦を率いて長崎に入り開国を迫ったのは、箱館奉行所が開かれた直後だった。レザーノフは幕府に開国を拒絶され、ならば武力で……とエトロフとカラフトの日本人番屋を襲撃させた。大きな痛手を被った箱館奉行は、ただちに現地に兵を集結し、日露関係は一触即発に陥った。これは元寇《げんこう》にならって、〝露《ろ》寇《こう》〟と呼ばれる。

この奉行所は二十年続いたが、危機が薄らいだ文政《ぶんせい》年間にまたも閉鎖され、幕府は蝦夷を松前藩に返してしまう。

再び開かれるのは、三十数年後の安政元年（一八五四）である。今度は半島西部の松前領は残され、その他の全蝦夷地が天領とされた。

蝦夷に対する、幕府のこの消極的な態度は何故なのか。

北方警備は金がかかるということだ。未開地の開墾で収入が見込まれない限り、その経費は、逼迫する財政に重くのしかかってきた。

第二次の奉行所は、ペリー来航の圧力で開かれた。

その役割は北方の備えと、諸外国との外交にあり、前とは比較にならぬほど任務が重かった。規模も官吏の人数も膨大になり、総勢四百六十人を越えた。

奉行は三名置かれ、一人が箱館にいて、一人が江戸詰、一人が蝦夷地巡回となる。

その下には、支配組頭と支配勤方がそれぞれ三名、その下に支配調役が六名置かれる。

また近郊に広がる天領は御手作場《おてさくば》（官営開拓農地）とされ、江戸の下級旗本や御家人《ごけにん》を募って、入植させた。

――というような知識と共に、箱館が要衝《ようしょう》の地であることが、ようやく幸四郎の頭に叩き込まれた。

とは言っても、華やかな江戸の暮らしに親しんだ若者には、蝦夷の大地は、やはり夢果つる未開の原野にすぎなかった。

二

支倉幸四郎の一行が乗ったのは、日本初の洋式帆船箱館丸だった。

蒸気でガタガタ揺すられる蒸気船ではなく、二本帆柱の木造船だったから、乗り心地はかなり静かである。

だが海峡半ばに出ると、船は左右に大きく揺さぶられ始め、主従は船酔いで青い顔をしていた。

ちなみに――。

帆で走る箱館丸は五十六トン、長さ十八間（三十二・七メートル）、幅四間（七・三メートル）で、定員三十名前後。船体は黒白赤に塗られていた。

かつて明治末期から昭和の終わりまで、函館港と青森港を結んだかの青函《せいかん》連絡船は、三千五百トン前後が普通だった。

乗客の他に列車も積み込んだその大型船さえ、海峡の中央に出ると、晴天でもゆったりと左右に揺れたのである。

函館育ちの筆者は、帰省のたびに連絡船で往復したが、いつも船底のざこ寝の三等船室だった。ところが父が造船技師だったから、連絡船の上級船員に知り合いが多く、私が三等切符で乗り込んでも、誰かが見送りの父の姿を見ると、気を利かせて必ず二等船室に替えてくれる。

この親切が、私には大きな迷惑だった。二等は船底より上にあり、椅子席だったから、私は必ず酔う。ムカムカし始める頃に届けられるミカンや弁当は、拷問に等しかった。

この四時間の船旅は、三等の畳部屋に横になって過ごすのが一番、と誰もが言っていた。海峡の真ん中に出ると、東西に流れる津軽海流のせいで船はローリングし始め、ズズズ、ズズズ……と身体が左右に滑りだして、寝心地はあまり良くはなかったが、酔うことはなかった。

昭和の連絡船でさえそうだったから、幕末の箱館丸はいかばかり揺れたことか。

だが遠くに見えていた箱館山が近づくにつれ、幸四郎は物珍しさから甲板《かんぱん》に出た。これが蝦夷の山か、蝦夷の山は何と艶やかな緑色をしているのか、と驚きの連続で、船酔いは吹き飛んでしまった。

その形が眠れる牛に見えることから、臥牛山《がぎゅうざん》とも呼ばれるという。船が緑したたる山裾を回り込んで、箱館湾に入っていくにつれ、なるほどそんな形に見えてくる。

この湾は、山と陸地に巴《ともえ》型に抱かれていることから巴湾と呼ばれ、あらゆる風から守られた良港という。

凪《な》いだ湾には優雅な帆船、粗雑な小型平底船、さまざまな国旗を掲げた軍艦などが停泊していて、それは壮観だった。

右手のなだらかな山麓の傾斜地には、寺院や屋敷の瓦屋根が見えている。どうやら箱館の町は、湾と山に挟まれたこの山麓に沿って伸びており、繁華街は、これから船の着く湾岸の一帯らしいと見当をつける。

船酔いも忘れて見とれるうち、船は沖ノ口番所の桟橋に着いた。

一行は少しふらつく足取りで蝦夷地に第一歩を踏み出したが、そこには大勢の出迎え人がいた。奉行所の役人たちである
幸四郎の前任者小野田千蔵《おのだせんぞう》、その下役でこれから幸四郎の部下となる杉江甚八《すぎえじんぱち》ら十人ばかりと、馬の口取りや警固の足軽だった。

篤実そうな四十がらみの小柄な小野田は、今朝からの快晴に、船は予定通り着くと確信し、自ら足を運んで来たという。

「奉行所はつい六月まで、この坂の上にござったが……」

安着を祝い近くの茶屋能登屋《のとや》で遅い昼飯をとりながら、そう説明された。

「今は亀田《かめだ》村に移り申した」

この山麓にあっては湾の異国船から標的になるし、箱館山に登って上から遠眼鏡で覗かれる恐れもある。そのため大砲の射程距離外にある、ここから一里（四キロ）ほど内陸に入った亀田村に移転したのだと。

ただ旧庁舎は第一期に建てられた風格ある建物だったから、皆の愛着がことのほか深く、運上所《うんじょうしょ》（税関）や各国領事館にも近いため、半数近くの役人がこちらに残っているという。

「もちろんお奉行は、あちらに移られた。すでに承知でござろうが、新奉行所のあるのは五稜郭《ごりょうかく》と申し、西洋仕込みの新式城塞でござる。七年もかけただけあって、それは見事なものですぞ」

その口調には誇らしさが滲んでいた。

新庁舎は総部屋数七十室ある城で、奉行役宅と共にその城塞内にあるが、官吏の役宅は城塞の外で、北側に屋敷町が広がっているという。

一行は休憩もそこそこに、馬で五稜郭に向かうことになった。

この大町《おおまち》から亀田方面には一本の街道が延びていて、跑足《だくあし》で進めば四半刻（三十分）ほどで着くという。

だが幸四郎は、すぐには馬を進めることが出来なかった。

何と活気に満ちた通りだろうか。

だだっ広いその道幅いっぱいに、まるで祭りの日のように通行人や荷を積んだ大八車《だいはちぐるま》が埋めている。おまけに道行く人の半分以上は異人で、その数の多さ、身体の大きさ、騒がしさに圧倒された。

誰もが当然のように、声高に自国語で喋りながら闊歩《かっぽ》しており、両側に建ち並ぶ建物も洋館が多い。空気には潮くささと、何かしら嗅ぎ馴れない香料が混じっている。粋でせせこましい江戸の町に馴れた幸四郎には、何だか巨人の国に紛れ込んだようだった。

大町は箱館一の繁華街だとあらかじめ知っていたが、あまりに活気があって、鄙《ひな》びた蝦夷の玄関口にいるとは思えなかった。

「この近くに外人居留地があるのですよ」

小野田が笑いながら馬を並べ、説明した。

だがその繁華街もそう長くは続かない。雑踏を抜けて行くと、だんだん町家や田舎家が多くなる。しかし道はやはりだだっ広く、その日本家屋もどこか大きくて、江戸とは違って見えた。

やがて両側に家はなくなり、道端に向日葵《ひまわり》が咲き乱れ、名も知れぬ夏草の繁茂する野の真ん中を突き切っていく。五稜郭は、箱館の町外れから亀田村まで広がる原野を切り開いて造られたという。ネコヤナギが群生することから、柳野とも呼ばれた。

こんもりとした緑地が見えてくると、街道は二つに分かれ、一本はさらにどこか内陸の奥へ、一本は海側の湯川《ゆのかわ》へと続いて行く。

幸四郎らは濠にかかる橋の袂で、初めて〝五稜郭〟を目前にした。それはなみなみと水を湛える濠に囲まれ、鬱蒼たる木立に埋まった島のように見えた。

皆は思わず嘆声を上げた。なるほどそれは美しく、特異な城塞だった。どこから攻められても応戦出来るよう、全体が星形に造られており、その中心に平屋の庁舎と奉行役宅が建っているという。

このような城塞は、今まで誰も見たことがない。

それもそのはず、これは日本初の洋式城塞であり、洋学者武田斐三郎《たけだあやさぶろう》によって設計建築されたものだった。

「これがエゾ城ですか」

思わず言うと、小野田は笑って頷いた。

「今はもう、日本式の高層の城は通用せんのです。戦《いくさ》の主力は大砲ですからな」

幸四郎は目の覚める気分で聞いた。もう新時代が始まっており、自分はその入り口に立っているのだと思えた。

一行は五稜郭の濠を回って、北側の役宅まで行くことになるが、この南門で小野田とは別れ、後ほど会うことになった。

一行は杉江甚八に先導されて濠を回り、その先の役宅の建ち並ぶ屋敷街に入って行く。出来たての整然とした町で、まだ引っ越しの最中らしく、荷を運び込んでいる家もあった。

案内されたのはその外れにある、小ぢんまりした屋敷で、庭は広く、その籬《まがき》には朝顔が蔓《つる》を巻いている。

役宅には、奉行所が差し回してくれた下女がいて、かいがいしく一行を迎え入れた。ウメという中年の通いの飯炊きである。

杉江の案内で、ざっと屋敷内を見て回った。外見は小ぢんまりして見えたが、六つしかない座敷はどれも広く、さらに屋敷の中心にでんと控える板張りの十畳の囲炉裏《いろり》の間《ま》が、いかにも寒冷地らしかった。

そこには船便で送った一行の荷が、すでに積まれていた。

またそこには、奉行心づくしの祝いの酒樽が届いていた。

杉江はこれから公務で外出するからと、そそくさと帰って行った。ようやく自分らだけになると、それぞれの場にへたり込んだ。

屋敷の外には広々と田園が広がり、渡ってくる風が真夏とは思えぬほど涼しかった。蟬がうるさいほど鳴いていた。

「蝦夷にもセミがおるですな」

江戸から黙々と従ってきた寡黙な用人筒井磯六《つついいそろく》が、思わずという感じで言うと、そばにいた若党の古田与一《ふるたよいち》が声を弾ませた。

「カエルもいますね」

「ばか、ここは異国ではない。今でこそ蝦夷ガ島だが、大昔は内地と地続きだったのだ」

幸四郎は笑ってたしなめたが、内心秘かに思ったのである。

(空は青く、セミもカエルもいるが、ここはやはり異郷だ……)

ウメが用意してくれていた風呂を浴び、さっぱりと長旅の垢《あか》を洗い流した。だが旅装を解いても緊張を解くわけにはいかない。この後すぐ、奉行所での着任の挨拶が待っている。

磯六の出してくれた浴衣《ゆかた》に手を通すと、心地良かった。

ウメの給仕で冷たい麦茶を呑み、汗が引くのを待っていると、新築のそこかしこから木の香が漂ってくる。この町も家も新築ほやほやだから、住人たちも新人ばかりだと思い、何がなしホッとする。江戸のように、何十年何百年のしかつめらしい伝統はないのだと。

その時、今しがた南門で別れた小野田の使いがやって来た。

浴衣姿の幸四郎に代わって磯六が応対した。奉行に不意の来客があったため、着任の挨拶は半刻（一時間）ほど遅れそうだ。ゆえに少しゆっくりくつろいで、八つ半（三時）に奉行所の表玄関に来ればいいという。

やれやれ……。

到着直後の慌ただしさを思いやって、小野田が今少しの猶予を与えてくれたのだ。

寿命が少し延びたような気分がした。

幸四郎は青畳に大の字になって、大きく伸びをした。

途方もない安堵感がこみあげてくる。

何だかんだ言いつつも、とうとう着いたのだ。

もはやウンもスンもなく自分は蝦夷地にいる。まだ背中の下が揺れているようだが、それさえも今は心地良かった。

ほっとして束の間目を閉じると、我が身にふりかかってきたもろもろのことが今さらに思われる。ありありと瞼裏に浮かぶのは、一緒に来れなかった長岡佐絵《ながおかさえ》の、白く美しい顔だった。

十八歳の匂うような美貌の佐絵を、江戸に残したくなかった。

奉行所勤務が何年に及ぶか分からない以上、出発前に何とか仮祝言でも挙げ、同行させたいと願った。

しかし思い通りにはいかぬもので、長岡家の返事が来ないうち、単身赴任となったのだ。

旅立ちの数日前に訪ねて来た佐絵は、涙ぐんで言った。

「心変わりなきよう権現《ごんげん》様に願《がん》をかけ、つつがないお帰りをお待ち申しております。旅のご無事を祈って、せめて千住《せんじゅ》まででも見送りさせて頂きとうございます」

ところが牛込《うしごめ》の屋敷を発つ時も、大川沿いの別宅で休んだ時も、十人ほどの見送りの一行に、その姿はなかった。

途中で加わるのか、最初の宿場の千住に先回りしているのか……とあれこれ希望をつないだが、千住で皆と昼飯を共にして別れを惜しむ間も、ついに佐絵は現れなかった。

（これが今生《こんじょう》の別れかもしれぬのに……）

本人からも長岡家からも何の断りもなく、幸四郎は心を江戸に残したまま旅立ったのである。その理由は、佐絵の父長岡政之介《せいのすけ》にあることは、想像がついた。

御先手組《おさきてぐみ》の役職を歴任してきた長岡家は、長男が病死したため、二人の娘のどちらかに婿を取り、家督を継がせる考えだった。

幸四郎はこの父親に面会を申し込み、長女の佐絵を妻として貰い受けたいと直訴した。弟が二十歳を越えたら、支倉家の家督を譲って長岡家に入ってもいいと告げたのである。

長岡政之介は即答せず、返事を延ばしたままになった。かれは、熱病のように天下にはびこる攘夷論者だった。だが幸四郎は、勝海舟《かつかいしゅう》や山岡鉄太郎《やまおかてつたろう》を尊敬し、国は開かれるべきだと考えている。

従って、開国論者を婿とするのを快く思っておらず、娘から引き離すべく、画策していたふしがある。

この箱館行きの人事も、水野忠精に頼み込んでの情実に違いなかった。

（何とか口実を作って江戸に戻り、佐絵と話したい）

そう勇みたつ一方で、どこか弱気にもなった。辺鄙《へんぴ》な北の島に下る自分は、まさに島流しだ。そんな男に佐絵は従いたくなかったのではないか……と。

ただ不思議なことに、江戸から離れるにつれ、そんな絶望感とは裏腹に、一抹《いちまつ》の解放感が生じていたのも確かだった。

もともと本の虫で、騒がしいことの苦手な幸四郎には、公方《くぼう》様のお膝元の、あの修羅の巷《ちまた》は息が詰まりそうだった。

いっそ江戸に遠く、すでに開港されている箱館は、自由で気楽かもしれない。狭い町に各国の領事館が結集しているから、珍しい洋書が見つかる可能性もある、久しぶりに道楽に耽溺《たんでき》できるか……。

ひんやりした青畳に大の字になっていると、やけな気分が転じて、そんな不埒《ふらち》な妄想がムクムク広がってくる。

この年頃の旗本にありがちな放埓《ほうらつ》さは幸四郎にはなかったが、それに憧れる気分はあった。構わないではないか、不良旗本でも……。

これから奉行にまみえる身として不謹慎な、この投げやりな気分は、困難な長旅を終えた反動だったかもしれない。

幸四郎はとろとろと、心地いい眠りに落ちた。

三

人の気配を感じてハッと目を開いた。

誰かが縁先に立っている。飛び起きた。庭まで入り込むとは一体何者……と怪しむ前に、眠り込んだ自分を誰かが起こしに来たと直観した。

「こ、これは、いぎたないところをお見せ致し……」

「いや」

正座して頭を下げた幸四郎を、相手は軽くいなし、奉行所の方を顎でしゃくった。

がっしりしていかつい顔つきで、先ほどの一行には加わっていなかった、初めて見る顔だ。

「挨拶を早めにすまされよ。お奉行が待っておられる。退庁はいつも八つ半（三時）だが、今日は特別のようだ」

言って、大股で去って行った。

幸四郎は真っ青になり、総毛立った。あり得ないことが起こった。寝過ごして公務に遅れるなど、今までただの一度もなかった。

「誰かおらぬか」

叫んだが誰も現れない。

別室に駆け込んで、驚愕した。奥向きの用をこなすはずの二人が二人とも、気持ち良さげに寝込んでいるではないか。船酔いでへばっていたせいか、今は大きな鼾《いびき》までかいていた

「起きろ、馬鹿者どもが！　遅参《ちさん》だぞ」

他の者は一体どうしたのだ。

茂吉《もきち》、数エ衛門《かずえもん》、サクベエ、吉田《よしだ》ら、奉行所まで供揃いして行くはずの者らは、行水《ぎょうずい》して身なりを整えていたのだが、時間が延びたのを知らされ、指示があるまでと裏の詰所でうたた寝していた。

幸四郎は、慌てふためく二人を叱咤《しった》して、麻上下《かみしも》の礼装に身を正した。玄関を出た時、どこかで鐘が鳴りだした。耳をすますと、七つ（四時）だ。約束の刻限より半刻も過ぎている。

あり得ない。誰一人として気づかないなどということが、あるものだろうか。

玄関前にすでに供侍が勢揃いしていたが、幸四郎はやおら袴の腿立《ももだ》ちをとるや走りだしていた。その後を供侍が追いかけた。

屋敷町はすでに、西陽に赤く染まっていた。蟬の声だけが流れる、静まり返った通りを走り抜け、うろ覚えの角を曲がり、全速力で橋を渡った。渡り終え北門を入る所で隊列を整え、肩で息を整えながら奉行所の玄関に辿り着く。

奉行所は大きななだらかな瓦葺《かわらぶ》きの屋根の上に、二層の太鼓櫓《やぐら》をいただく、威風堂々たる建物だった。この本庁舎の背後に、奉行役宅があり、それを囲むように近習長屋、用人長屋などが建ち並ぶ。

玄関に前任者が眉を吊り上げ、恐ろしい顔で立っていた。

「旅の疲れもありましょうが、お奉行は奥で待っておられますぞ」

大失態だった。

前代未聞の珍事ではないだろうか。

ただ、後で知ったことだが、小野田は時間に少しゆとりを持たせていたので、遅参は四半刻（三十分）までは至らなかったようだ。

小野田側の手違いも重なったらしい。刻限に現れないので、かれは支倉宅へ使いを出した。だが使いはすぐに戻ってきて、家から何の応答もないので、すでに出かけた様子だと伝えた。

入れ違いになったか、としばし待ってみたが、到着する様子もない。近くを見廻りに出てどこかで迷っているのではないか、と部下に命じて探させていたという。

だが着任の挨拶もすまぬうち遠方へ出かけるはずはない、と不審に思った奉行側近が、もう一度役宅を訪ねて行き、主従ともども眠っていると見て、庭まで入り込んだのだという。

幸四郎はただ平謝りに謝り、どうするべきか考える余裕もなく、木の香の漂う長廊下を、小野田の後について擦《す》り足で進んだ。

前任者は奉行執務室の手前で、支倉幸四郎の到着を報告し、続いて幸四郎が口上《こうじょう》を述べた。

「入れ」

その声に入室し、平伏した。

「面《おもて》を上げよ」

顔を上げ、幸四郎はぎょっとなった。

奉行の手前に座って号令を発しているのは、先ほど縁先に現れたいかつい顔の侍ではないか。かれは支配組頭（副奉行）で、奉行の片腕と言われる橋本悌蔵《はしもとていぞう》だった。

「長旅、ご苦労であった」

床を背にして座っている奉行が、よく通る金属的な声で言った。浅黒いその端正な顔つきは、にこりともしていない。

「新しい任地の感想はいかがであるか」

「はっ、五稜郭は実に見事な城塞であると、感服仕《つかまつ》りました。役宅もまたまことに心地よく、数々の御心遣いを頂き、身に余る光栄に存じます。心より御礼申し上げます」

「寝心地もさぞ良かったであろう」

その言葉に、幸四郎は再び這いつくばった。やはり知られていたか。自分の気の緩《ゆる》みと思い上がりが招いたことと思うと、心底恥ずかしく頬が赤らんだ。自分は前代未聞の愚か者だ。

「め、滅相もござりません。まことに失礼仕りましたッ」

くだくだしい言い訳は控えたが、脇の下に冷や汗が滲んだ。

奉行は鷹揚《おうよう》に頷き、最近の江戸表の様子などを訊《たず》ね、いちいち頷いて聞いていた。聞き終えると言った。

「ここは新しくピカピカしており、それがしにはいささか居心地が悪い。まあ、せいぜいよく動いて、早く汚したいものだ。そなたもそう心がけて励め。職務の詳細は、ここに控える橋本に聞け」

それが小出奉行との、初顔合わせだった。

小出大和守秀実《ひでざね》、当年三十一歳。

土岐《とき》丹波守《たんばのかみ》頼旨《よりむね》の次男として、天保《てんぽう》五年（一八三四）江戸に生まれる。

実父頼旨は、幕府の勘定奉行、下田奉行、浦賀奉行、大目付などを歴任した七千石の旗本。安政の日米修好通商条約の締結では、勘定奉行川路聖謨《かわじとしあきら》らと共に、アメリカ領事ハリスとの交渉にあたった。だが将軍の世継ぎ問題をめぐって井伊《いい》大老と対立し、罷免されて、隠居している。

秀実は幼時にこの父の薫陶を受けたが、やがて千八百石の旗本小出英永《ひでなが》の養子となり、土田《はんだ》（兵庫県）で養育された。

小出氏とは、但馬国《たじまのくに》出石《いずし》（兵庫県豊岡市）の城主に始まる古い家柄で、四代目から分家した土田小出家が、秀実の養家である。

秀実はその七代目として、十九歳で家督を相続。昌平坂学問所では秀才の誉れ高く、二十八歳で御小姓組から、目付に登用された。

神奈川宿で起こった生麦《なまむぎ》事件では、御目付外国掛として、英国領事との交渉に立ち会う。翌年、二十九歳で箱館奉行に抜擢されたのは、その時の腕を買われてのことだった。

安政から始まる箱館奉行の九代目、最後からは二人めにあたる。

小出の名は江戸でも響いていたが、外国の書物に囲まれていた幸四郎は、その姿を遠くから拝するに止まり、近くでまみえるのは初めてだ。

小出の面構えは、少壮気鋭の奉行らしく、知的で精悍だった。

真っ黒に日焼けした細顔に濃い一文字眉、その下の目は切れ長で、贅肉のない中肉中背は、いかにも俊敏な行動力を思わせる。

遅れて参上した支倉幸四郎を、どう判断したか。

それはおいおい、分かってくることになるが、ただ、幸四郎は後で知ったのだが、新任官吏の寝過ごしを発見した橋本悌蔵は、それなりの口実を考え出し、奉行には適当に言い繕《つくろ》ったらしい。

ところが〝寝心地は良かったか〟と奉行が口にしたため、橋本は仰天《ぎょうてん》したという。

小出がなぜ見破ったかは、謎である。

橋本はいかつい風貌そのままの叩き上げで、組頭として器量の大きい人物だった。部下の失態を庇《かば》い、奉行を補佐し、所内でも慕われていた。

ともあれ幸四郎の〝道楽したい〟などという不埒な夢など、この時根本から打ち砕かれた。

主《あるじ》を遅参に至らしめた廉《かど》で、支倉家の家来は度を失っていた。

「手前がついていながら……」

と真っ先に進退伺いを出したのは、家政を仕切る用人の筒井磯六だった。支倉家に古くから仕え、爺と呼ばれる用人の長男で、当年三十五歳。鷹揚な性格だが、大柄な見かけによらずよく気が回った。

薬草家で、製薬法にたけ、暇があれば薬草採集に余念がない。蝦夷にはさぞ珍しい薬草があろうと、自ら随行を志願したのである。

続いて進退伺いを出した古田与一は、二十歳。

「あの時の自分が許せません」

幸四郎の亡父と親しかった下級旗本の三男で、北辰一刀流免許皆伝の腕前である。その父親が、倅は腕が立つし蝦夷地を見聞させたいから、身辺警固の若党として一行に加えてほしいと願い出た。

幸四郎は、この進退伺いは預かっておくから、以後気を引き締めて励め、と活を入れ、手文庫に収めた。

確かにこの連中にも油断があったが、すべて自分の思い上がりの反映だと、思い知っていた。

意外だったのは、飯炊きのウメが、雑事で少し家を空けた隙に問題が起こったのを気に病み、伺いをたてたことだ。

ウメは漁師だった夫に四十で先立たれ、しばらく魚問屋の賄《まかな》いをしており、魚料理の腕が立つと聞いていた。

どこかぎすぎすした女で、幸四郎には苦手な部類だったが、その気の強そうなしゃくれ顔を少し見直したのが、拾い物だったかもしれない。

四

奉行所は朝四つ（十時）の太鼓で始まり、午後八つ半（三時）の太鼓で一応の業務を終える。奉行はここで退出するが、まだ公務が残っている者は、各自の責任に任される。

五日め、領事館などへの新任挨拶に同行してくれた前任の小野田千蔵が、箱館を発つことになった。

江戸までは船便なので、七日前後で着く。折角《せっかく》だから無事到着の便りを書いてはどうかと勧められ、幸四郎は留守宅へ手紙を書き、その中に佐絵宛の短い手紙もひそませた。

乗船の日は、二十人近い見送りの人々と共に、大町桟橋まで出向いた。沖に停泊している官船に小舟で乗り込み、明日の未明に出帆する段取りだった。

しばし別れを惜しんで見送りを済ませた後、幸四郎は馬を預け、下役の杉江甚八らを道先案内に、居留地界隈を視察することにした。

大町という繁華街を歩いてみて驚くのは、やはり異人の多さである。日本人としては長身の幸四郎が、埋もれそうなほどに背が高く、独特の体臭を放ってすれ違っていく。

江戸では滅多に出会わない異人が、海沿いのこの町を我がもの顔で闊歩《かっぽ》しているのは、すぐそばに外人居留地があるからだけではない。普通は居留地から五里四方が自由域だが、箱館では十里(約四十キロ)四方以内を、自由に遊歩することが許されており、お国の威力を背景に、憚《はばか》るものがなかったのだ。

かれらの多くは、箱館を植民地のように看做《みな》していた。

幸四郎がさらに圧倒されたのは、町の活気であり、耳を覆うばかりの喧噪だった。商人、職人、流れ者、船乗り……と、あらゆる業種の人間がこの地域に集《つど》っていた。山ほどの荷を積んだ馬や大八車が、ガラガラ、ポクポクと埃を舞い上げてせわしなく行き交っている。その後を耳馴れない、お国訛《なま》りが賑やかに追っていく。

そこかしこに新築の洋館が建ち並び、また建築中の工事現場が奇怪な形を晒していた。居留地に軒を並べる異人館や商館は、どれも真新しかった。

珍しい洋風建築の外観に見とれていると、

「これがロシアホテルです。若いロシア人夫婦の経営で、この春に開店したばかりで、大繁盛ですよ」

と杉江が説明してくれた。

「この町は何もかも真新しいでしょう。今からご案内する弁天台場《べんてんだいば》も、完成したばかりです」

一行は喧噪の町を抜け、カモメが鳴く岸壁を西端に向かった。

幕府は外敵の侵入に備え、海に突き出した湾の入り口に築島を築いて、台場を設けた。土石は箱館山から切り出されたが、重要な部分には、大坂から運ばれた、備前御影石《びぜんみかげいし》が使われているという。

台場は不等辺六角形の駒形をしており、設計者は、かの五稜郭城塞を造った武田斐三郎という。砲眼（射撃口）は十五門あり、箱館湾で海戦でもあったら、十五門の大砲が火を吹くことになる。

幸四郎はこの台場に立ち、対岸をしばし眺め渡した。

湾の向こう岸は七飯《ななえ》、上磯《かみいそ》などの漁村で、その奥に御手作場（開拓地）が広がる。連なる山々の左端、つまり北の方角に、先端が槍のように尖った、ひときわ美しい山が見えている。

「あの山は？」

奉行所の前からも見える山である。

「はい、駒ヶ岳《こまがたけ》と申す火山で、この辺りでは最も高い山です」

「ほう、あれが駒ヶ岳か。安政年間に噴火した山ではないか」

「はい、六年前に噴火して、死者が出ました。ちなみにずっと右に見える三つの頂きのある山が三森山《みつもりやま》で、熊が出ますよ」

幸四郎は、地理を頭に描いた。

開拓の手が入っているのはその手前までで、大小の沼を従えたあの駒ヶ岳の向こうに、アイヌだけが知る秘境が広がっている。無駄を削ぎ落としたようなその勇姿は、さながら神秘の蝦夷地の象徴だった。

台場を後にした一行は、湾岸より一本中に入った大黒町通りを抜け、途中で坂を上って、箱館医学所の前に出た。

江戸の医学所に倣《なら》って数年前に創設された、施療院《せりょういん》である。

「この医学所は、二つの役割を担っておるのです。一つは貧民救済、もう一つは、それ、あそこの女たちの治療です」

杉江は坂の上方を指さし、言った。

「この上の方は山ノ上町《やまのうえちょう》といって、遊廓があります。もともとこの医学所は、遊女の病気治療のために建てられたと聞きます」

「ほう、話には聞いていたが」

幸四郎も山麓を眩しげに仰いだ。山ノ上遊廓については、江戸の奉行所で聞いていたが、こんな山麓にあるとは思わなかった。

箱館は坂の多い町で、海岸から幾筋もの坂が山に向かって延びており、その傾斜地に寺や医学所があり、坂上に遊廓があるのだ。

「あそこには恐ろしい病いが蔓延してると聞きます。噂では何でも、江戸より、数倍恐ろしい病いだそうですよ」

杉江は苦笑して、声をひそめた。

「山ノ上は古くからの色町でした。北の国境辺りで荒稼ぎしてきた船乗りや漁師が、ここで金を落として行くのだとか。そこへ異人がやって来たため、山ノ上の病いは国際的なものになったと……。開港してから、駆け込んで来る遊女が増えたそうですよ」

ちなみに山ノ上遊廓とは――。

箱館は中世までウスケシと呼ばれ、アイヌが住む土地だった。

だが足利義政《あしかがよしまさ》の治世の室町時代中期、南部《なんぶ》氏との戦いに敗《やぶ》れた豪族河野《こうの》氏が、蝦夷に渡って見晴らしのいい箱館山山麓に館《たて》を建てた。それが箱形をしていたことから、箱館と呼ばれ、それが地名になったと言われる。

坂上の山ノ上町は、江戸の初め頃から遊里として栄えたが、非公認だったため渡世茶屋などと称し、女たちは洗濯女とか裁縫女などと呼ばれて色を売った。

箱館に初めて置かれた奉行所は、この河野館の跡地に建てられたという。山ノ上の茶屋二十一軒は、遊女屋としての営業許可を求め、初めて岡場所として幕府の公認を取りつけた。見て見ぬふりである。

だが安政六年、箱館が正式に開港になると、寄港する外国船も増え、居留外人も多くなった。奉行所は見て見ぬふりでは済まなくなり、幕府の許可を得て公娼制度を適用し、山ノ上の遊里を〝遊廓〟としたのである。

遊廓が、遊里と違うところは、幕府に公認された遊女屋が一カ所に集められ、周囲を濠や塀で囲われていることだ。

山ノ上の鄙びた色町は、江戸の新吉原を模して風情ある遊廓に造り変えられた。町の入り口には大門《おおもん》が建てられ、楼《みせ》の格子は朱に塗られ、町は板塀で囲われた。

この遊廓は姿見坂から上、七面坂の西、幸坂の東という範囲にあったようだ。驚いたことに、筆者が昭和二十五、六年から二十年以上住んでいた家は、その範囲内にあった。

我が家は姿見坂の上の方にあり、あばら屋だったが見晴らしだけは素晴らしかった。自分が見ていたあの高台からの眺めを、花魁《おいらん》も見ていたのだと思うと、何か他人事《ひとごと》ではないような気がする。

「――今は異人揚屋《あげや》を含めて、二十四、五軒ありますかね」

杉江は続けた。

「遊女も三百人以上いて、蝦夷では一番の遊び場です。揚代《あげだい》は吉原ほど高くはないし、みな花魁と呼ばれ、気さくなものですよ」

「詳しいな」

歩きだしながら幸四郎が言うと、慌てて手を振った。

「いえ、これも仕事のうちです。今までの奉行所は、目と鼻の先でしたから、嫌でも聞こえて来ます。今は不便になりました」

「そうした悪所《あくしょ》は、不便な方がいいのではないか」

「あ、いや、仰せの通りで」

杉江は笑って肩を並べた。

「しかし病いは恐ろしくても、遠からぬ闇に灯りが見えますれば、ついフラリとするのが人情ではありませんか」

「人情のことはよく知らんが、おぬしがそうなのだろう」

「あ、いや……」

「お奉行は、五稜郭は気に入らんと仰せられたが、そういう含みもあるのかな」

「それはどうですか」

杉江は慌てたように言った。

「ただお奉行には、お琴《こと》様という美しい奥方がおられますから」

「ほほう、恋女房なのか」

「……かどうかは存じませんが、奥方はなかなかの美人ですよ」

奉行の役宅は奉行所と軒続きであり、先日庭先で、ほっそりした女性の後ろ姿をチラと見かけた覚えがある。

その後ろ姿に佐絵を重ねてみたのだが、あれがお琴様だろうか。

「ならば亀田村には、美しいものが二つあるのだな」

幸四郎が謎かけのように言うと、杉江は阿吽《あうん》の呼吸で受けた。

「五稜郭とお琴様」

笑い合ううち、基坂《もといざか》にさしかかった。

この坂は、海際の運上所から上ってくる広い坂で、突き当たりが旧奉行所、その背後に滴るような緑の箱館山が聳《そび》える。奉行所が五稜郭に移るまでは、この坂は箱館の生命線だったのである。

この辺りはさすがに役所があったため、入り組んだ路地には飲食店の看板が並んでいる。

喉が渇き、一服したくなった。

「この奥に馴染みの茶店がありますから、少し休みますか」

言って、杉江甚八は先に立って路地に入って行く。

幸四郎は後に続こうとしたが、少し先の四つ角で、真っ黒に日焼けした老女が路上商いをしているのが目に止まった。口許に入墨をしているのを見ると、アイヌだろう。地べたに敷いた茣座《ござ》に、天日干しのイカや野菜を並べている。

幸四郎は供の者に先に行くよう合図して、一人で近づいた。

「これはトウモロコシだろう。近くで穫れたものか」

覗き込んで問うた。トウモロコシはその昔、ポルトガル人が長崎に持ち込んだと言われ、今は江戸近郊でも栽培されているようだが、幸四郎はまだ食べたことがない。

「イカはそだども、トウキミは七飯で穫れたでな」

老女は蝿を追いながら、聞き取りにくい訛りで言った。

七飯は開拓地として知られていたから、御手作場（開拓農場）で栽培されているのかもしれない。後で杉江に買わそうか、などと考えていると、道の向かい側に下駄の音がした。

顔を上げると、一人の中年女が、笊《ざる》を抱えて道を渡って来るところだ。

馬の蹄《ひづめ》の音がしたのはその時だった。

五

はっとして幸四郎は振り向いた。

広い通りを、二頭の騎馬が前後して突進してくる。馬上には異人らしい男が乗っていて、速力を落とす気遣いもなさそうに、全速力で進んで来た。

市街地での騎馬の疾走は、自粛するよう領事館に申し入れている、と聞いたのを幸四郎は思い出した。

「危ない！」

叫んで飛び出し、立ち竦んでいる女を思い切り突き飛ばした。勢い余って自らも道路に転がったところへ、馬が突進して来たから、とっさに罵声が口をついて出た。

「気をつけろ！」

それは英語だったから、異人の耳には届いただろう。

突如何か喚きながら、異人は馬上から赤鬼のような顔で笞《むち》をふりかぶってきた。一閃した笞はうなりをあげ、ピシリと幸四郎の額を掠《かす》った。一筋の赤い鋭い蚯蚓腫《みみずば》れが残った。

突き飛ばされたおかげで、女は命に別状はなかったが、右腕を痛め、頬のあたりを地面にこすって血の滲む擦り傷が出来た。

騎馬の二人は逃げ去った。

叫び声で戻ってきた杉江らが、驚いてただちに女を介抱し始めた。

近くの古着屋の女房だそうで、店がすぐそこだからと断るのを、医学所に連れて行くよう、幸四郎は杉江らに命じた。

幸四郎は報告のため、奉行所に戻ることにした。

大事に至らなかったとはいえ、幸四郎の報告は、奉行所の面々をいきり立たせた。

というのもこの町には、日本を侮《あなど》った外国人のこの手の横暴が、日々絶えなかったのである。

つい一月《ひとつき》前にも、大工《だいく》町の料理茶屋で、嫌がる給仕女をロシア人が別室に連れ込み、ことに及ぼうとする事件が起こった。

怒った茶屋の若い用心棒が斬りつけ、向こうも短刀で応戦したため、両者とも大怪我を負ったのである。

奉行側からの抗議に対し、まだ来日して日が浅く女郎と給仕女の区別がつかなかった、と領事館から謝ってきたものの、この程度のことで斬りつけるのは野蛮行為だとして、法外な治療代を請求されたというのだ。

だが小出奉行は、のっけから幸四郎を叱責した。

「奉行所の役人がそばにいて、何のざまか！　突き飛ばして、通行人の巻き添えを防いだのは当然のことである。だが馬上の者がどこの国の者か、なぜ判断出来なかったか」

「はっ」

「連中は住民をひとしなみに、土民と見下《みくだ》しておる。清国《しんこく》上海あたりでは、貴人の行列も平気で蹴散らし、抵抗する者は笞で打ちすえて服従させると聞く。その者も、そのつもりだったに違いない」

その口調には、抑えがたい忌々《いまいま》しさが滲んでいた。小出はかの生麦事件に、外国奉行目付役として関わっただけに、腹に収まらぬものがあったに違いない。

ちなみに生麦事件とは——。

文久二年（一八六二）八月、馬で武蔵国《むさしのくに》生麦村にさしかかった英国商人ら四名は、東海道を下ってくる大名行列に遭遇した。薩摩《さつま》藩の島津《しまづ》久光《ひさみつ》の一行である。

異人らは行列を避けようと道端に寄ったが、中のリチャードソンだけがさらに深く行列に入り込んだ。走り寄った家来奈良原喜左衛門《ならはらきざえもん》が手まねで制止したが、そのまま禁断の区域まで馬を進め、ようやく仲間らのモドレモドレ……の声を聞いた。

引き返そうとして踵《きびす》を巡らせた時、馬の足が久光公の御駕籠を蹴ったのである。奈良原はやおら肩衣《かたぎぬ》を脱ぎ、刀を抜いてリチャードソンの腹に斬りつけ、逃げる相手に追いすがって止《とど》めを刺した。さらに他の英国人にも切り掛かって、重傷を負わせたのだ。

かれらは知らずに行列に巻き込まれたと主張したが、〝土民の行列〟と侮っての、明らかな不敬行為である。

だが英国側は強硬に謝罪と賠償金と、犯人の処刑を要求した。

日本側は外交法上不利な立ち場にあり、言い分は通らず、結局は巨額な賠償金を払わされた上、薩英《さつえい》戦争にまで発展した──。

「その方、われわれのつとめを何と心得るか」

小出は幸四郎に弁明の暇《いとま》を与えず、重ねて言った。

「はっ、清国で通用しても、この国では無礼はまかり通らぬことを、分からせることと心得ます」

「しかるにそなたは、なすすべもなく笞で打ちすえられた。箱館に物見遊山で参ったのなら、次の船便で帰ったらよかろう」

「支倉、まことに未熟でありましたッ」

平伏して額を畳にこすりつけた。

右も左も分からぬ新参者とはいえ、言い訳は許されない。だが、あんなとっさの場合、何が出来ただろうか。こみ上げて来るそんな困惑を見透かしたように、奉行は言った。

「いかにすれば良かったと考えるか」

「…………」

それが分かっていたら、こうはならなかった。そう言い返したいところだが、こんな言葉が飛び出していた。

「それがし愚考するに、先に相手が笞を振りかぶって襲ってきたゆえ、刀を抜いて応戦してしかるべきだったのではないかと……。刀で笞をからめ取れば、馬上の男を引きずり落とすことは可能であり、捕縛して奉行所に突き出せば良かったと考えます」

「…………」

奉行は何とも言わず、そばに控えていた織田市蔵《おだいちぞう》を見やった。織田は、小出の信頼の篤《あつ》い有能な目付である。

織田は、細い顔をしかめて、幸四郎に言った。

「先に相手が笞を振りかぶったと、証明出来るかどうか。おぬしの罵言に怒って襲いかかったと言われたら、どう答えるか」

「異人は、通行人を蹴りそうになったのです」

「だが実際には蹴ってはおらぬ。おぬしが突き飛ばしたことで、転んで怪我をしたのだ。この町では証拠などという物は、あまり効力がない。命掛けで捕えたところで、ぬけ道はいくらもあるのだ。軽卒な抜刀は慎しむべきです。箱館のように異人の多い町では、その身なりや言語から国籍を特定し、しかる後に領事に訴えるしか方法はござるまい」

小出奉行は黙って頷き、また幸四郎に目を移した。

「そう胆に命じて、支倉、この狼藉者がどこの国の何者か、割り出してみよ」

「はっ、心得ました」

幸四郎は、ほっとした。奉行が、新参者の自分を試そうとしているのが分かった。座して叱責されるより、腕試しの方がはるかに希望が持てる。

とはいえ新参者支倉幸四郎には、蝦夷地のことはさっぱり見当もつかなかった。一体どうすればいいのか。

手がかりと考えられるのは、まずは耳に焼き付いた狼藉者の短い罵声である。英語はほぼ分かり、阿蘭陀《オランダ》語はかろうじて聞き取れるから、あの強い巻き舌はそれ以外の国だろう。

つまりロシア、プロイセン（ドイツ）、ポルトガル、フランスのいずれかである。日焼けして赤鬼めいた顔と、こちらを侮蔑するように覗き込んだ青い目は、北の寒い国の出身のようだ。

装いは私服だったがきちきちで、肥満体に見えた。

通行人を無視して市街地で馬を飛ばしたり、笞で殴りかかってくる荒くれぶりは、商人というより軍人か船乗りではないかと推測される。

六

一晩じっくり考え抜いて翌日、港湾掛かりの役人に、いま湾内に停泊中の外国船の国籍について質問してみた。この役人は、運上所から毎日送られる書類を、帳簿に記帳している。

「はい、現在、湾に停泊しておるのは……」

中年の役人は棚から帳簿を出して調べ、説明した。

「イギリス、アメリカが一隻ずつ、プロイセンとロシアは軍艦と商船が入っております」

とすればあの巻き舌の〝赤鬼〟はロシアかプロイセンか……。

幸四郎はそう思案しながら無意識に額の傷を撫でていると、傷を眺めていた相手は、ふと声をひそめた。

「最も新しく入港した船であれば、つい五日前の、プロイセンの商船です。バザールで狼藉の噂が多くて、運上所も手を焼いてますわ」


ちなみにバザールとは――。

運上所で毎日、異人のために開かれるマーケットのことだ。

そこでは国内では手に入りにくい、珍しい野菜や肉、燃料などが売られている。売買は整然と行われ、日本人の律儀《りちぎ》さは評判だった。

例えば異人がネズミを捕る猫がほしいと頼むと、今売っている猫はダメだと言い、何日もかけて、本当にネズミをよく捕る猫を探し出して来るという。

その場所で、プロイセン人が騒動を起こしていると聞き、なるほどと幸四郎は思った。あれがプロイセン人であれば納得がいく。

そもそもあの時刻に馬を飛ばしていたのは、前夜から山ノ上の異人揚屋に泊まり込んで、遊び過ごした連中に決まっている。船乗りの外泊は禁じられているから、慌てていたのではないか。

そう推察した幸四郎は、杉江甚八に命じ、山ノ上遊廓の異人揚屋と、異人も受け入れる茶屋の両方を探らせてみた。

杉江はまず、山ノ上町の惣名主《そうなぬし》の協力を求めた。異人の横暴には手を焼いているため か、惣名主は異人が好んで訪れる楼の名を教えてくれた。それらを杉江は丹念に回って、あの前夜の泊まり客を聞き込んだのだ。

その結果、プロイセンの商船コンラート号の高級船員が二人、異人揚屋ではないが、異人も受け入れる〝潮見楼〟に宿泊したことを突き止めたのである。

だがさすがに楼側は、客の名前は知らないと言い張った。

そこで幸四郎は、コンラート号に乗り組んでいる日本人通事（通訳）を調べ上げ、秘かに呼び出した。事件のあった前夜、船を出て外泊した船員の名を、強制的に探り出させたのである。

外泊者は七名いたが、五人は知人宅への宿泊許可を得ており、早朝に帰船していた。無断外泊で、翌日の昼に開かれた在日プロイセン人との昼食会に遅刻したのは、ハインリッヒ・フォン・シュナイダーと、カール・アルトナーだと判明した。


「ふむ、なるほど」

幸四郎から報告を受けて、小出奉行は濃い一文字眉を吊り上げた。

「早速、書面でプロイセン領事のガルトネルに、この二人の糾明《きゆうめい》を申し入れることにしよう」

チラと目を上げて言った。

「もっともその返答がいかなるものか、今から想像出来るがな」

「…………」

〝その者らはコンラート号の乗組員であるが、ご指摘の日は上陸しなかったという。それは同僚らの証言で確認された〟……とか何とか、ごたくを並べるのがオチだというのだ。

「狼藉者《ろうぜき》が領事館の官吏であれば、抗議を申し立て、科料《かりよう》を取るすべもあろうが、一般人であればそうもいくまい」

ましてて死者も出ていない瑣末事件など、まともに取り上げられず、うやむやになってしまうだろうと。

「そうであったら、その方は何とする」

「………」

（せっかく名を突き止めたのに、これでは足りぬのか）

幸四郎は思い、生唾を呑み込んだ。

すると奉行は眉間に微かな筋を浮かべ、言った。

「そなたが相手にしているのは、朝に夕に粥を啜ってるような淡白な日本人ではない。毎食ケモノの肉を喰らい、赤い酒をがぶ呑みする、紅毛碧眼《こうもうへきがん》の輩《やから》である。言葉も、礼節も、法も通じない。それでいておそろしく奸智《かんち》にたけ、頭がよく回る。うかうかしておれば、蝦夷の島の一つ二つ、簡単に乗っ取られるかもしれん。そんな異人を相手に、その方はいかに戦うつもりであるか、それを問いたかったのだ」

「………」

幸四郎は、小出を見返して奥歯をグッと嚙みしめた。

何を言わせたいか、よく呑み込めなかった。相手が言いたいことは分かるが、具体的にどう答えたらいいのか。

自分は命令通り、犯人の国籍ばかりか、名前まで挙げたではないか。それもわずか三日足らずの早業だ。誉められこそすれ、小言《こごと》を言われる筋合いはないはずだ。

返事に窮していると、小出は言った。

「この奉行所では、町の防衛のために、異人の理不尽と戦わねばならんのだ。それをよく心しておけと言いたかっただけだ」

「はっ」

「そなたの顔を見てると、江戸が恋しくなるわ」

謎めいて言い放つと、さっと席を立った。

(どういう意味だ?)

幸四郎はわけが分からず、笞の痕が生々しく残る額に汗を滲ませて、憮然《ぶぜん》としていた。奉行はこれ以上の何かを、この新参者に期待しているらしいが、それが何だかよく分からない。

幸四郎には、奉行の言葉は底意地の悪い謎掛けに聞こえた。

役宅に帰ってからも、腕を組んで考え込むばかりで、食事もろくに喉を通らなかった。早めに床に入ったが、蝦夷地の夜は涼しくて寝やすいのに、未明まで悶々として眠れなかった。

お前の面構《つらがま》えが気に入らん、と言われても困る。自分は任務は果たしたのだし、それでは足りないと仰せられるなら、一体どうしたらいいのか。

初日の、あの遅参が祟《たた》っているのは確かだった。奉行はそこに鋭くも、自分のあらゆる欠点を見出したに違いない。

向こう気が強いだけ剣の上達も早いと言われた幸四郎だが、さまざまな思いが胸にしこって、今はただただ困惑するばかりである。

ともあれこの異郷の地では、今までの自分は通用しないということだ。

ならばどうする。

思い詰めて一睡もしないうち、小鳥のさえずる声を聞いた。

幸四郎は思い立って寝衣のまま起き出し、木刀を持って庭に出た。早朝の百回の素振りは、昔からの日課だったが、江戸を出てから怠っていた。しばらくぶりに木刀を虚空《こくう》に向かって打ち込んでいると、少しずつ平常心が戻ってくるようだ。

百回振り終えて汗を拭きながら、まだ降参はしないぞ、と呟いた。

七

奉行所の休みは月に二回で、一日と十五日である。

この奉行所の官吏らは、休日になるとよく釣りに出かけ、釣果《ちょうか》を肴《さかな》によく呑んだ。春は山菜、秋になれば茸や野葡萄を採りに山に入り、またそれを肴に呑むのだという。

幸四郎はこのところ休日はもちろん、平日も五稜郭から出ることが多かった。

昼までは詰所で執務し、午後になるとあれこれ公務を見つけては出かけ、夜まで戻らなかった。

視察と称して馬を駆って出かけることもあった。確かにこの新任地では、視察しておくべき場所が山ほどある。

開港地にだけ設けられる大町の運上所（税関）、無料で貧民の治療にあたることで評判のロシア病院。また対岸の七飯村の奥には、御手作場と呼ばれる官営農場が広がっている。

そこにはお目見得《めみえ》以下の旗本や御家人が、江戸から多く入植しており、様子を見てくれるよう江戸の留守宅から頼まれている者が何人かいた。

役職が公務で外出する際は、必ず下役や足軽を伴うことになっており、幸四郎は常に杉江ら二、三人を従えて出かけたが、途中で何かしら口実をつけ、行き先も告げずに消えてしまうのだった。

小出奉行の抗議に対し、プロイセン領事館から返答が来たのは、すでに八月に入ってからだった。

「ご照会のあった名前の者に心当たりはない」

コンラート号からの返事はそれだけだ、と領事館は伝えてきた。

そのことを組頭から告げられた時、幸四郎はさして驚いたふうもなかった。

そして午後になって、その日もまたいつものように視察と称し、馬を駆ってどこかへ出かけて行った。今回は単身である。

その翌日の昼頃、幸四郎は小出奉行の執務室に呼ばれた。

外から戻ったばかりの目付の織田が、そばに控えていた。

「支倉、いま織田から面白い話を聞いたところだ」

奉行はじろりと幸四郎を見るや、いつものよく通る金属的な声で言った。

「これから話すから、虚偽、間違いがあれば遠慮なく申せ」

「はっ」

平伏していた幸四郎は、神妙に顔を上げた。

額の笞の痕はさすがに薄くなっているとはいえ、まだくっきりと刻印されている。

「昨夜のことだ。大町で、プロイセンの高級船員相手に、大立ち回りをした若い日本人がいたそうだ。その者はハセクラと名乗ったというのだが、もしや心当たりはないか」

幸四郎は胆《きも》を冷やした。

僻地にいる割に、小出奉行は何につけ情報が早いのだった。あちこちに情報網を張り巡らせている上に、目付のこの織田が、出先であれこれ聞き込んではご注進するらしい。

「お奉行は、その方に、心当たりはないかと聞いておられる」

沈黙している幸四郎に、織田が促すように言った。

「はっ、それはお人違いであります。それがし誓って、プロイセンの高級船員相手に大立ち回りなど致しておりません」

「正直に申せ。織田の話では、その者はロシアホテルの客に言いがかりをつけ、あげくに襲いかかったというのだが」

ちなみにロシアホテルとは――。

この年、大町居留地の四つ角に、ロシア人ピョートル・アレクセーエフと、その妻ソフィアが開業したホテルのことである。

ホテルといっても規模は大きくはなく、さしずめ現代のオーベルジュ（宿泊設備のあるレストラン）のようなものだったらしい。

シェフが腕をふるう料理に人気があり、中でも、フランス料理とロシア料理が評判で、長期滞在の外人に大いに喜ばれた。箱館在留の外交官や商人らもランチやディナーによく利用したらしい。

厨房には日本人コックも複数おり、日本人客も姿を見せて、外人との社交場にもなった。

酒好きの主人と静かで働き者の妻による経営は大繁盛し、箱館で最上等のホテルとして、明治十二年まで二十年間続いた。

小出奉行の話は、さらにこう続くのだった。

昨夕六つ半（七時）、三人のプロイセン人が、ロシアホテルを訪れた。門を潜るとすぐ横が馬繋《つな》ぎになっているが、徒歩の客はそのまままっすぐ玄関への洒落《しゃれ》た小道を進む。

三人が石段を上がろうとした時、物陰から声がした。

「お久しぶりでござる」

三人は一斉にそちらを見た。

箱館の夏は日暮れが遅く、五つ（八時）近くまで暮れなずんでいる。その柔らかい夕照の中に、若い長身の武士が立っていて、にこにこしながら英語で話しかけたという。

「ハインリッヒ・シュナイダー殿ですね」

すると三人の中の太り気味の男が、他の二人に先に店に入るよう手で合図した。二人が店に入ってしまうと、男はきつい巻舌の英語で言った。

「シュナイダーは私だが、おまえは誰だ？」

「これに覚えがありませんか」

武士は額の傷を指で指して、英語で答えた。

「私は、貴公に打たれたので、馬上のお顔をよく覚えております」

「何のことやらさっぱり分からん。私は友人たちとここに食事に来ただけだ、楽しみを邪魔するな」

「シュナイダー殿は、じゃがいも料理がお好きだそうで……」

太った男の顔にサッと血が昇り、赤鬼のようになった。

「私を愚弄する気か、帰れ帰れ、ここは貴様のような土民の来る所ではない」

「土民は土民でも、私は支倉と申し、れっきとした奉行所の役人であります。先般、私と通行人女性に怪我を負わせた件で、貴公を探しておりました」

「何だと。証拠はあるのか」

「貴公があの日のあの時刻、遊廓帰りで、あの辺りを馬で通りかかったことは調べ済みです」

「根も葉もない言いがかりだ。何が目当てか、金か？」

「ほしいのは文書による謝罪です、これから領事館に出頭して頂きたい」

「何だと、田舎侍めが。うぬの面《つら》など二度も見た覚えはない。どけどけ、もっと痛い目に遭いたいか」

男は腰のサーベルに手をかけた。

すると武士は、足元にペッと唾を吐き、何か叫んでやおら脱兎《だっと》のごとく門の方へ走りだしたのだ。

男はサーベルを抜いて後を追いかけた。

門を飛び出して、まだ薄明るい路上に目を凝らしたが、通行人の行き交う中に武士の姿は見当たらない。男は舌打ちし、なおも左右を見定めてからサーベルを腰に納めた。

踵《きびす》を返して、門を入ろうとしたその時だ。

庭の中から一頭の馬が走りだしてくるや、馬上の侍が、笞をふりかぶって襲いかかってきたのである。

笞は蛇のように虚空をうねり、額から頬にかけてハッシと打った。馬と人はそのまま、宵の町へと駆け去った……。

「ということなのだ。何故これだけ詳しく知っておるかと申すとだな」

小出奉行は続けた。

「その場面を一部始終、見物していた者がおった。ハセクラと名乗ったその武士は、何故かその場に立会人を呼んでいたらしい。そのアメリカ人が、すべてを見て、あちこちで喋りまくっておる。この織田がそれを聞いてきたのだ」

アメリカ領事ライスの通事で秘書のウイリアム・ハワードが、昨日、支倉幸四郎に呼び出されて、ロシアホテルに出向いたとはっきり証言しているという。

「さすれば、それはこの支倉に間違いございません」

幸四郎は頷いて言った。

「それがし、確かに異人を相手に、少々懲《こ》らしめはしました。その者はシュナイダーだと認めましたが、そこらのごろつきにすぎません。ハインリヒ・シュナイダーなどという者は、コンラート号にはおらぬ、と領事館から返答があったではありませんか。あの者がコンラート号の高級船員などであるはずがない」

「なるほど」

小出奉行は頷いた。

「それは筋が通っておる」

「確かに私は、シュナイダーというごろつきを笞で打ちました。先日、故なく打たれたからです。初め謝罪を要求したのですが、断られたので打ち返しただけのこと。先方がそれに不服であれば、領事館を通じて正式に訴え出て頂きたい。この支倉、逃げも隠れも致さず、お裁きを受ける所存であります」

「あい分かった」

小出奉行は頷いてきっぱりと言った。

「そうであれば、しばし先方の出方を待つのがよろしかろう。もし苦情が届いたら、〝厳重に処罰するゆえ、コンラート号船員の正式な訴状を提出してほしい〟と伝えよう。よし、この件はそれで一件落着だ、下がってよろしい」

八

小出奉行に叱責されてこのかた、幸四郎はシュナイダーの後を必死で付け回していたのである。

初めに目をつけたのは、山ノ上遊廓だった。

病気は恐ろしかったが、有り金をすべて注ぎ込んで、あの男の来そうな何軒かの楼に通って噂を訊き回った。役人は外泊を許されていないから、夜中までには亀田まで帰った。

だが遊女らは、異人とはいえお客に関しては口が固かったし、当人も危険を察してか再び現れそうになかった。

ただ雪太夫《ゆきたゆう》なる美しい遊女が言った言葉が、耳に止まった。

「ロシアホテルは、じゃがいも料理が人気だそうでおざんすよ。プロイセンふうとかいいやんしたか。その店にはお国の人が競って通うそうな……」

その一言で、閃《ひらめ》いたのだ。

(あの太っちょが、大食漢でないはずはない)

かれの肥満の原因は、懐かしい故国の名物料理の食べ過ぎではないのか。あのホテルを調べあげれば、何か分かる。

そこで若党の与一をホテル近くに張り込ませ、出入りの客を見張らせた。一方自分は秘かに、日本人従業員を呼び出して聞き込んだ。

それによれば、案の定シュナイダーはしばしば訪れる常連で、その名は誰もが知っているらしい。

運良く、友人との食事の予約も幾つか入っているという。

そこまでは突き止めたものの、確実に仕留められる方法が浮かばず、しばし考えあぐんでいた。知らぬ存ぜぬと言い張られれば、あの夜、外泊したこと以外に、確実な証拠があるわけでもない。

そこへ領事館から、〝コンラート号にシュナイダーなる乗組員はいない〟と返答して来た。そのことで幸四郎は、妙案を考えついた。

乗組員シュナイダーの存在を否定したコンラート号は、同時にその保護をも、放棄したことになる。前言を翻《ひるがえ》すことは、国の信用にも関わろう。

肩書きのないシュナイダーは、ただのごろつきだ。

幸四郎はさらに、シュナイダーが虚言で言い抜け出来ぬよう、第三者の立ち合いを求めた。

米人ハワードは若いが、長崎と江戸で日本語を学び、日本の伝統や風習に通じている。江戸には、幸四郎と共通の友人もいた。

今回、その江戸の友人から手紙を託されてきたため、着任して領事館に挨拶回りをした時、直接手渡した。その縁でお茶に招かれ、以来親しく話す仲になっていたのだ。

昨夜については、わけを話し、シュナイダーが現れてからの一部始終を見届けてくれるよう頼んだ。

ハワードは、その見聞をあちこちに広め、充分に役目を果たしてくれたのである。

事件は落着したものの、小出奉行の態度は相変わらずだった。

だが幸四郎の態度の方が変わった。ここでは自分で我が身を守らなければ、誰も守ってはくれない。そのためには受け身であってはならない、と胆に銘じた。

江戸では、二人の異人の名を割り出しただけでこと足りても、この雑多な開港地では、その先まで手を打たなければ、鰻のようにスルリと逃げられてしまうのだ。

「そなたの顔を見ていると江戸が恋しくなる」

この言葉で小出が言いたかったことを、今はこう理解している。

「お前ののほほんとした面《つら》を見てると、江戸の放埒な腐れ旗本を思い出す」

それはじんわりと幸四郎の胸に沁みていた。

自分にツラはあっても、〝ツラ構え〟はないのではないか。最近はそうも思うようになっている。

ところでその後、プロイセン領事からは何の訴えも出されないまま、やがてコンラート号は、帆を上げて湾を出て行った。

「……船は出て行ったぞ」

八月のある暑い日、奉行所の入り口近くで偶然出会った小出奉行が、道端で頭を下げてやり過ごそうとした幸四郎に、珍しく足を止めて話しかけてきた。

「は、そのように聞いております」

「シュナイダーはどうやら本国送りになったそうだ」

「はあ、それは何よりで……」

笑みがこぼれそうになるのをこらえて、上目遣いに奉行を見た。

かれの目にも、共犯者めいた微かな笑みが仄《ほの》めいたように思ったが、気のせいだったろうか。

「ところで……あれもそなたの流儀か」

小出奉行は意味ありげに口を動かして、ふと思い出したように言った。

「は？」

（どういう意味だ）

また例の謎かけかと思い、身構えた。

だが相手はそのまま背中を見せ、近習を従えて歩み去った。呆然とその後ろ姿を見送りながら、はっと思い当たったことがある。

奉行は一瞬、口をもぐもぐさせてみせたではないか。

（海鬼灯《ほおずき》のことではないか？）

実をいうと、ロシアホテルの前でシュナイダーに立ち向かった時、幸四郎は口に海鬼灯を含んでいた。相手を門の外に誘い出す前、ペッと吐き出したのは、唾ではなく海鬼灯だった。

それは山ノ上遊廓の、雪太夫の部屋に吊るされていたものだ。

ちなみに海鬼灯とは――。

植物の赤い鬼灯と同じように、口に含んで舌先で押し、音を出して楽しむ子どもの玩具《おもちゃ》のこと。

その正体は巻貝の卵嚢《らんのう》で、中を出して干し、幾つもついた一房ごと売っている。筆者も、海辺の駄菓子屋や縁日などに吊るされていたのを買って、遊んだことを記憶している。あれは今もあるのだろうか。

江戸時代には、子どもばかりか、遊女の間で流行《はや》っていたという。

「これは何だ」

幸四郎がもの珍しげに訊ねると、海鬼灯と女は答えた。

津軽の漁村から十三で身売りされるまで、この海鬼灯が唯一の玩具だったという。

この山ノ上町には愛宕《あたご》社があり、その祭礼の日には、坂下に縁日が出る。そこで売っていると聞いて、若い衆に頼んで買って来てもらったのだ。

たまらなく気が鬱《ふさ》ぐ時や、緊張している時など、それを口に含むと不思議に心身がほぐれるのだという。

「ぬし様みたいなお武家様でも、こんなものを召しなんすか」

幸四郎が黙って笑っていると、相手も笑い、白い華奢な手で一房分けてくれた。

シュナイダーに立ち向かう日、失敗したら生きては帰らぬ覚悟だった。その出がけに、ふと雪太夫の贈り物を思い出し、まじない気分で口に含んだ。心なし気分がほぐれたように感じ、そのまま舌先で転がしながら、あの地に赴《おもむ》いたのだった。

しかし幸四郎が驚いたのは、あの米人ハワードがそんな瑣末な点まで観察していたことだ。

かれは、鬼灯などという下賤な物を知っていたのだろうか。それとも幸四郎が意気がって唾を吐いたものと勘違いし、笑っていたのか。いつか訊いてみたい。

いつもしかつめらしい顔をし、意地悪で非情な姿勢を崩さない奉行の、意外な遊び心を見たような気もしないでもない。

流儀という言葉も気に入った。

言われてみれば幸四郎は、小出奉行の流儀にさんざん振り回されたような気がする。おかげでこの地で異人と伍して行くには、自分の流儀を持たなくてはならぬ、と教わったようだ。

そう考えるうち、何がなし滑稽感がこみ上げてくる。

幸四郎は、あの愚かな遅参以来、ほとんど晴れ晴れ笑ったことのない自分の仏頂《ぶっちょう》面《づら》が、初めて柔らかい笑みに解きほぐされていくのを感じた。

第二話　捨て子童子

一

跑足で行く田舎道には、薄紫色の野菊が咲き乱れ、その先には一面にススキの原が広がり、果てしない原野の一端を覗かせている。

支倉幸四郎はこの日、朝から気分が沈んでいた。

パッと発散させたい気分に駆られ、太鼓が鳴って小出奉行が退庁するや、伴《とも》も連れずに遠乗りに出たのである。

気鬱《きうつ》の大きな原因は、言わずと知れた佐絵のことだった。

未だに何の音沙汰もないことに、どうにも合点《がてん》がいかない。こんな非礼は、今までの佐絵にはあり得ないことなのだ。一体どうしたことだろう。何か身辺に異変があったのか、重病ではないか。

そう案ずる手紙を、留守宅の母に何通か書き送った。

母からの返事によれば――。

先方にはそなたの手紙は届けてあるが、何の応答もない。

病いの噂も聞こえてこない。このようなことは、いかに親しい仲でも許されぬ非礼である。先方に何らかの心境の変化が生じたとしか考えられず、これ以上の未練は、そなたの面目にも関わろう。

もともと自分は、佐絵を、少し上調子な娘と見ていたが、図星だったと思われる。いたずらな未練はきれいさっぱり捨て、母の勧める縁談を考えてみてはどうか……。

以上のごとき内容が、遠回しの婉曲な文章で、滝本《たきもと》流の能筆でえんえん書かれているのだった。

幸四郎は、何度手紙を破り捨てようと思ったことか。

かくなる上は、座して待つよりも、自分が江戸に乗り込んで直接糺《ただ》すしか方法はあるまい。だがそんな余裕があらばこそ。日々の公務に追われ、もやもやは胸に澱《おり》のように溜まっていく一方だ。

胸に溜まるものは、他にもあった。

それは奉行所で最近もちきりになっている、脱国者の話である。

一人の若い日本人がこの六月、箱館からアメリカ合衆国に密航を企てたという。それは最近になって発覚したらしいが、もう後の祭りだった。

六月といえば、幸四郎着任の少し前にあたる。

その者は新島敬幹《にいじまけいかん》なる、上野国安中《こうずけのくにあんなか》藩の若い下級藩士である。武田斐三郎の塾に入るため、江戸藩邸から開港地箱館にやって来た藩費留学生だった。

ところが江戸に赴いた武田と行き違いになって、門下生になりそこなった。やむなくツテを辿って、ロシア領事館付きの司祭ニコライの家に住み込み、英語を学び始めた。

この新島には初めから密航の下心《したごころ》があり、異国語を勉強しつつ、秘かに協力者を探していたふしがある。

またニコライは、日本にロシア正教を広めた若い熱血宣教師だったため、神学を学びたいという新島を自邸に匿い、その密航に協力したと言われる。新島はロシアホテル裏の大町埠頭《ふとう》から、米船ベルリン号の船倉に潜んで、密出国した。

船はヨーロッパ経由でまだ航海の途上にあり、この時点では密航が成功するか否かは明らかではなかった。

ちなみに新島のその後は——。

箱館から出国して翌年、無事にボストンに着いている。

藩には、父親を通じて箱館から帰る船が遭難したと伝えさせ、自分は死んだことにしたらしい。船でジョーと呼ばれていたことから、新島襄と名を変え、現地の大学に入学を果たす。

以後、十年に及ぶ神学研究の末に、明治七年（一八七四）宣教師として帰国を許される。その二年後、京で会津の砲術家の娘山本八重《やまもとやえ》と結婚。後に同志社英学校（現在の同志社大学）を設立することになる。

幸四郎はこの若者の大胆な行動に、大きな衝撃を受けた。

かれは二十一歳といい、自分より年下ではないか。神学の研究という大志を抱き、国禁まで犯して、命がけで国を出た。

武士でありながら、風雲急を告げる祖国を捨てたことは許し難い、と奉行所役人らは義憤やみがたい様子であった。かれらもまたお先真っ暗な徳川の臣として、焦りや不安を抱えていたのだ。

だが幸四郎には、志に向かってまっすぐ突き進んだ若者の潔癖さが、清々《すがすが》しく感じられた。

夏の陽のように眩しかった。

幸四郎は、自分が風にうまく乗れない凧のようで、天高く舞い上がった凧が、ただただ羨ましかった。


陽が翳ると急に大気が涼しくなったが、四半刻（三十分）の早駆けで汗をかいた。気分がすっきりしてくると腹がすき、早く汗を流して一杯やりたくなった。草むらで虫が盛大にすだく五稜郭の濠に沿って、北へ回り込もうとした所で、やおら手綱を引いた。

大きな楡《にれ》の木の根もとに、何かいる……。

馬の蹄の音を聞きつけて、草むらから這い出してきたようだ。初めは犬が蹲《うずくま》っているのかと思った。

子どもか？

目を凝らして見て、そう思った。すぐに馬から下り、近づいて行って、一瞬総毛立つような恐怖に襲われた。

河童《かっぱ》か？

全身がびしょびしょに濡れていた。もつれたままぺったり顔に貼り付いた髪が、顔に水を滴らせていたから、沼からでも這い上がってきたようだった。

顔は泥だらけで目鼻の見分けがつかない。ヒイヒイと、掠れた泣き声を上げて這い寄ってくる様は、いかにも蝦夷地の暗黒の奥から這い出して来た怪物のように思われた。

草むらから出た濡れた手が、幸四郎の足首に触れた時は、思わず足を引きそうになった。人間である証拠に、裸ではなく、よれよれの襤褸《ぼろ》を纏《まと》っている。しかしその冷たい感触はいささか気味悪く、危うく蹴飛ばしそうになった。

悪疫でも背負い込んでいるかもしれぬ。

こんな得体の知れぬ者には、近寄らずにしかず、自然に任せて放っておけ。下手《へた》に関わると、命取りになることもある。

一瞬にしてそう思い、引き返そうとした。

いや、待て待て……と思う。

助けを求めて這い出してきて、我が足首を摑んだものを、邪険に追い払っていいものか。

何とか踏み止まり、中腰になって目を凝らした。

怪物に見えた生き物は、小さな童子である。まだ五つか六つか、それ以上か。今は見当もつかないが、息をし、弱々しいが声を上げ、全身で生きようとしていた。

「どうした、坊や、大丈夫か？」

幸四郎は半信半疑でそばにしゃがみ、声をかけた。

西陽の中で、大きな目が弱々しい光を放っている。目がぎょろぎょろし、おでこがやたら張り出した醜い子だ。

襤褸をまとった全身から生臭い嫌な臭いが漂っていて、それは澱んだ濠の臭いに似ていた。

とっさに幸四郎は、腰につけていた竹筒を外し、子どもの口に当てがってやった。濡れているのは、水を求めて濠に落ちたからだ、と推測したのだ
案の定、子どもは汚い両手でそれを支え、ゴクゴクと驚くほどの生命力でむさぼり呑んだ。

「よしよし、水を飲もうとして濠に落ちたんだな」

「………」

「全部呑んでいいぞ」

これからどこへ行くんだ、と訊きそうになって苦笑した。

明らかな浮浪児に、そんな質問をする馬鹿がどこにいる。この子はたぶん捨て子だ。なのに帰るあてを確かめて安心したかった自分は、滑稽な小心者に違いない。

だが、この子にこれ以上かかずり合うのは厄介な気がした。一つ関わると、どこまでもどこまでもつきまとわれそうだ。

とりあえず今は猛烈に空腹で、一刻も早く帰って一風呂浴び、夕餉の膳にありつきたかった。

「さて、これでいいか」

子どもは何を言っても答えず、ぐったり草むらに仰向けになった。

どうやら渇きと飢えで衰弱しているようだ。あいにく幸四郎は、食べ物は何も持っていない。

いささか忌々《いまいま》しい気分で、その顔を覗き込んだ。

垢と汚れでよく肌が見えないが、血が滲んでいる所が何箇所もある。だがよく見ると、出血は擦り傷が原因で、どうやら爛《ただ》れて膿《うみ》が滲み出ている様子は見えない。悪疫につきものの腫れ物や腫瘍などはなさそうだ。

「おれは行くぞ」

幸四郎は思い切って言った。

返事はない。

磯六の顔が、頭に浮かんでいた。

あれに診せたら、良いように計らってくれるだろう。

だが役宅に連れ帰るわけにはいかなかった。普段から人の出入りに厳しく、いつも近所の監視の目が光っているようだ。見馴れない顔は、自身番で顔改めされる。

まして身元不明で、疫病持ちかもしれぬ捨て子など、連れて帰るわけにはいかないだろう。

「何か食べ物を持って来るか」

とうとうそんな言葉が口を出ていた。このままやり過ごしたいのが本心だが、どうにも見殺しには出来なかった。

「ついでに医者も呼んでくるから、ここにじっとしておれ。いいか、分かったな」

「…………」

「ここを動くなよ」

念を押すように言って、馬に戻った。

そうは言ったが、果たして言葉が通じているのか、という新たな疑問が胸を掠めた。

しかしどうであれ、この辺りは誰も通りかかりそうになく、放っておくわけにはいかないのだ。

二

再びその場に戻った時は、ウメが一緒だった。

磯六はあいにく薬種問屋に行くと言って出かけたきり、まだ帰っていない。夕餉の膳を整えて帰り支度をしていたウメが、話を聞いてすぐ粥を作ってくれた。

「あたしが持って行きますで、旦那様はお食事を……」

そう言って一人で出ようとするウメを、幸四郎が自ら案内して来たのである。

すでに薄暗くなっていて、子どもは前の場所にはいなかった。慌てて辺りを見回すと、木の根元にうつぶせになっていた。

ウメは子どもを抱き起こし、顔を覗き込んだ。

「まあ、どこの子だろうねえ。こんな子、この村じゃ見たことがありませんよ」

木匙で粥を掬って口に入れてやると、吐き出してしまい、ぐったりと苦しげな息をついている。

「あら、食べないねえ。よほど弱ってるんだろう」

「磯六はいつ帰ると?」

「ああ、今夜は遅くなるとか」

困ったな、と思った。

磯六が帰るまで、自分が付き添っているわけにはいかない。かといって、家で老母と倅が待つウメに番は頼めない。明六つには来て朝食を作り、掃除洗濯をこなしていったん家に帰り、母と息子に昼飯を食べさせ、また役宅に戻ってくる忙しい女だ。

「よし、連れて帰る」

幸四郎は言った。

「あれまあ、旦那様、そりゃお止しなさいましよ。どんな病いがあるか知れたもんじゃないですよ」

ウメは気味悪そうに眉をひそめた。

「磯六さんに診てもらうのが先決でしょう」

「しかし、それまでここに放り出しておいたら、野犬の餌食《えじき》だ」

最近、物騒な人食い犬が界隈をうろついているそうで、奉行所で野犬狩りが検討されていたのだ。

「心配いりませんて、旦那様。見てご覧なさい、この汚れ加減からして、この子、昨日や今日の捨て子じゃないね。年期が入ってます。こんな子は、持って生まれた運が強けりゃ生き延びるし、弱けりゃそれまで。すべておてんとさまに任せた方がいいんですよ」

「しかし、今なら助かる命だ」

「助かったからって、それが幸せかどうか分かりゃしません」

ウメはいつもずけずけと物を言う。幸四郎はその訳知りめいたしたり顔が気に喰わなかった。

「死んだ方が幸せだと？　勝手なことを言うな。生き延びること自体が、まずは尊いのではないか」

「どちらが幸せか分からない、と申しているだけですよ」

「どちらが幸せかなど誰が決める。助かる命ならば、まず助けるのが人の道だろう」

「そりゃァもう、仰せの通りでございますよ、旦那様」

ウメは少しも動じずに、言った。

「でも親切もたいがいになさらんと。旦那様には奉行所のお立ち場がございましょう。その場限りの気紛れで、後々お名前に瑕《きず》がつくようなことがあっては……」

「気紛れではない」

不快げに言ったものの、内心少し恥じていた。四十半ばの下女を相手に、ムキになって、四角四面の正論を吐いたのだ。弁解するように、幸四郎は言った。

「ただ放っておけないだけだ」

「じゃ、どうしなさるね。途中で誰かに会うかもしれないし、明日にはご近所に噂が広がるでしょうよ」

青臭い主人をたしなめるような口ぶりである。

「ウメ、おまえの家に案内しろ」

「えっ」

ウメは仰天したようにしゃくれ顔をしかめ、戯《ざ》れ言《ごと》か本気か確かめるように、細い目で主人を見返した。

「ご冗談ばかり」

「冗談ではない。ここから近いだろ、私が背負うから、灯りを頼む」

「待ってくださいよ。家には婆ちゃんと倅がいますんで……もしも悪い病いでもあっては……」

「この子が疫病かどうか、よく見ろ！」

ついに声を荒げていた。確信はないが、この肌の具合は疫病の瘡蓋《かさぶた》ではなく、ただの汚れに違いないと思う。

「何も座敷に上げろなどとは言っておらん。納屋でも土間の隅でも良い。一晩だけ、屋根のある所に寝かせてやってほしいのだ。後で磯六を行かせる」

薄暗い中に幸四郎はしゃがんで、子どもを背負った。嫌な臭いが鼻先を覆い、全身がむずがゆいような感触に襲われた。

一瞬、放り出したくなった。だが行き掛り上、仮にこの子が疫病持ちであっても、今は背負って連れていかねばならない心境だった。

呆れたようにウメは黙り込み、しゃがんで提灯《ちょうちん》に火を入れた。

「まったく……」

聞こえよがしに呟く独り言が、虫のすだく声に混じって幸四郎の耳に届いた
「この子には天運がついてるよ。よりによって、お釈迦様みたにお優しい御方に、拾われたんだからねえ」

それからしばらくの日々、幸四郎は落ち着かなかった。

あの子の死の報せがいつ届くか、ウメが放り出しはしないか、気が気ではない。最

初の磯六の見立ては、いつどうなっても不思議はないというものだった。

「ただ、これは疫病じゃありませんな」

そう言ったのが頼みだった。

「手や足にかなりの擦り傷やタコがあり……相当長く野山を彷徨《さまよ》った形跡がありますな、はい。どこから来たのやら見当もつかんですが、遠路を裸足で歩いて来たようだ。足首には何か、繋がれていたような痕があります。どうやら捨てられたか、逃げ出したか……。飢えと脱水、それに極度の疲労でしょう。これは病いというより衰弱です」

だがこの子は運が強かった。口とは裏腹のウメの献身的な介抱と、甘草《かんぞう》、陳皮《ちんぴ》、白朮《おけら》、人参、生姜……などを煎じた磯六の補中益気湯《ほちゅうえっきとう》が効いて、危機を脱したのだ。

すると、一晩という約束が、すでに五晩六晩と長引いているのが気になってくる。

ウメの家を出されたその先は、まだいい考えが浮かんでいない。

毎日ウメの顔を見るたび、声をかけた。

「どうだ、〝捨て〟は？」

すると、有り難いことにいつもこんな返事が返ってきた。

「まあ、もう少し様子を見ますかね」

あの子は強い子だから、手間いらずだという。疫病ではないという見立てにも、安心したらしい。

幸四郎は米や野菜や残り飯を、なるべく多く持たせてやった。

ウメの家には、少し腰の曲がった老耄《ろうもう》の姑《しゅうとめ》と、十七になる息子がいた。名を太吉《たきち》といい、子どもの頃から昆虫を集めては、一人で遊んでいるような子だった。

母親が出かけて祖母と二人だけになると、一日中誰とも口をきかない。ウメは手習い塾に行かせてみたが、三日で行かなくなった。ただ今年、元服してから、何を思ったか鍬《くわ》を手にし、父親の残した畑に出るようになったという。

子どもを往診している磯六の報告では、その太吉が遊び相手になっているらしい。

子どもは驚くほど回復が早かった。

右足首に何かに繋がれていたような痕があって、初めは足を少し引きずっていたが、今はもう畑で犬と遊んだり、ニワトリを追ったりしている。

泥や垢を洗い流してみても、その下はやはり真っ黒で、張り出したおでこの下で、目がぎょろぎょろする異形の顔だった。

その上、日を追うごとに、鮮明になってきたことがある。

この子はどうやら、言葉は解するが口がきけない。何を言っても唸り、時々キイッと奇怪な声を上げるばかりだ。いつしか捨丸《すてまる》と呼ばれるようになっていた。

三

「最近どうだ、捨丸は」

ある夕方、野駆けから戻った幸四郎が改まって言った。八月も末の、風が強い夕方だった。

夕食の膳に香ばしいサンマが出たためか、給仕を始めるウメに、機嫌よく問いかけた。

「はい、お陰様でずいぶん元気になりました、もう大丈夫ですよ」

「そうか、それは良かった。いや、話は他でもないが、そろそろあの子を引き取ろうと思う」

「えっ」

ウメはひどく驚いたらしく、手に取った皿を落としそうになった。

「引き取るって、ここにですか？」

「うむ、いつまで厄介かけてもいられまい。いっそのこと奉公人として、雇い入れようかと思うのだ」

「あの子を、奉公人に？」

「磯六の話じゃ、身体は小さいが、十二、三にはなっておるそうだ。磯六になついているし、ここにおれば何かと使い道もあろう」

「どうですかねえ」

「いや、変わった子ではあるが、磯六によれば、どうも理解力は人並み以上のようだ」

「はあ……それ……急ぐ話ですかね」

「何か不都合でもあるのか」

「いえ、うちは少しも迷惑じゃないんで、もう少し面倒みさせて貰えませんかね」

「ほう？」

どういう風の吹き回しか、と幸四郎はウメの顔を見た

「実はうちの倅は、親にも口をきかない愛想なしなんですが、どういうわけだか、捨丸とは喋るんです。最近は何だかよく笑うようになったですよ」

「ははあ」

「まあ、捨丸も太吉に懐いてますし、うちには犬も猫もニワトリもおるでね、捨丸も

暮らしやすいんじゃないかと」

ウメはしゃくれた顔を振った。

「なるほど」

幸四郎は汁を啜りながら、頷いた。

言われて、思い出した。ウメの家には何回か立ち寄ったが、その度に二人で仲良く野良に出ている姿を見かけたのだ。

「いや、そちらも大変だろうと思ったまででね。それなら、もうしばらく預かってもらおうか。ただ、あの子の将来を考えると、いずれは磯六に弟子入りさせようと思う」

風が出てきた。明かり取りのため半分開けてある雨戸を、風がガタガタと激しく揺すった。ウメは縁側に立って行き、残りの雨戸をガラガラと閉めた。

「風がよく吹くな、この町は……」

幸四郎が呟いて、箸を置く。

「海に囲まれてるで、秋は大風が吹きますよ」

言いながら戻って来て、茶の支度をした。

「あの、それに旦那様」

ウメは、急に口調を改めて話を戻した。

「あの捨丸って子は何だか、ちょっと尋常じゃないです」

「尋常じゃないのはとうに分かっておる」

お茶をゴクリと飲んで、幸四郎が言った。

「いえ、そうじゃなくてね。倅の話では……」

ウメは茶の給仕をしながら、こんな話をした。

まだ家に来たばかりの頃、太吉が土間から外に出ようとすると、追って出てきた捨丸が、着物を摑んでしきりに引き止めた。

太吉が怒って振り払うと、キイッと嫌な声を上げる。

気味が悪く、邪険に突き飛ばして板戸を開けた。

とたんに、庭先に突進して来る大きな犬を見たのである。歯を剝き出した、狼と見まがう獰猛《どうもう》そうな大きな黒犬だった。

最近この亀田村に現れた野犬で、すでにニワトリが何羽か餌食になり、子どもも何人か咬まれて、人喰い犬と恐れられていた。

「おーい、家さ入れや、野犬だぁ」

後を追ってくる男の叫び声が続いた。

太吉は驚いて引っ込み、戸を閉めた。そばに捨丸が立って、ギョロっとした目でじっと見ていた。

「あの子に、倅は救われたんですよ」

ウメの言葉に、はっはっは……と幸四郎は笑いだした。

「神がかりってわけか。この辺りじゃありそうな話だな」

「旦那様は、蝦夷を馬鹿にしていなさる」

ウメが首を振って睨んだ。

「いや、そんな意味ではない。江戸でもたまに聞く話だ。しかし、その種明かしをしてやろうか。あの子は口がきけない分、耳がいいんだよ。遠くから、野犬だァと叫ぶ声が聞こえてたのさ」

「そうかもしれません。ですが、実はあたしも、不思議なことがあったんです」

先日この村で、知り合いの葬式があった。

黒の紋服を簞笥の底から出そうとしたところが、見当たらない。泥棒か、それとも婆ちゃんが、内緒で古着屋に出したか。

老母を問い詰めても、当惑して首を振るばかりだ。

どうしたものかと呆然としていると、あの子が袖を引っ張る。

「うるさいねえ、今はそれどころじゃないんだよ」

と呟きつつも、捨丸の行くままについて行った。

物置小屋の最上段の棚にそれはあった。

それでハッと思い出した。

今年の春、この亀田村で火事があった。風上だったし、火元とは離れていたから類焼の恐れはなかったが、いつ風向きが変わるかもしれない。そこで、当面の着替えや金目のものを枕元に置き、大事な紋服や晴着類を、母屋から少し離れた物置小屋に避難させたのだ。

この夏は珍しく冠婚葬祭がなかったから、すっかり忘れていた。

「どうしてあの子は、それを知っていたのかね。これも種明かししてくださいよ」

「ふむ」

幸四郎はしばし虚空を睨んでいたが、首を振った。

「幼い子には、そんなことがあるものだ」

「でももう幼いとは言えませんよ」

ウメは言い、首を傾げた。ザザザ……と一陣の風が吹き抜けて行くのを、二人は黙って聞いていた。

「ま、それはそれで構わんけど、あの子はどこから来たんですかねえ。当然ながら、親御さんはいたんだろうし」

「ふむ」

幸四郎は頷いた。それは何度も考えたことである。親はどこにいて、何故あの子を捨てたのか。あの子の右足にある、繋がれていたような傷は一体何なのか。一体どこをどう彷徨《さまよ》って、ここへ現れたのか。考えるほどに、謎めいてくる。

「ま、とはいえ捨て子は珍しくない。大人の事情が、子どもに押し付けられるのは不憫だ。捨丸はウメの家で暮らした方が良さそうだ、当分預けよう」

「有り難うございます、太吉が喜びます」

ウメは顔をくしゃくしゃにしている。

「ただ、いつでも返してくれていいぞ。あの子は知恵が遅くて、話せないのではない。話せないから、知恵が遅いように見えるだけだ」

「あたしも、そうだと思いますね」

ウメが言った。

「だって、馬で走っていく旦那様を引き止めたんですから、何かの力があればこそではないですか」

足に触れたあの濡れて冷たい手の感触が戻ってきて、幸四郎はびくっとしたように
ウメを見た。

ウメも見返していて、目が合った。

その細目から発せられる強い視線が苦手で、いつも避けていたせいか、初めて相手
の顔を見たような気がした。

四

秋が深まりつつある九月半ばのこと。

奉行所に衝撃が走った。入港してきた江戸からの船が、激動の政局について、情報
をもたらしたのである。

一月《ひとつき》前の八月、幕軍による長州征伐が始まったと。

在京の将軍家茂《いえもち》に、孝明《こうめい》天皇より勅命が下ったため、尾張藩主徳川慶勝《よしかつ》を総大将と
して、その配下に兵を結集し、長州に攻め入るのだという。

小出奉行は、その情報の分析に追われていた。

驚くべきことに、この時期の長州は、英、仏、蘭、米の列強四国を相手に戦っていたという。

前年、尊皇攘夷を実行に移して、馬関《ばかん》海峡を通過して行く外国船に砲撃をしかけ、多くの損害を与えた。そこで列強四国は結束して、報復措置に出たのである。

つまり長州はこの夏、幕軍と外国連合軍の両方と戦っていた。

外様《とざま》に過ぎない長州が、他藩に先がけて倒幕を掲げ、勝手に外国にまで戦を仕掛けている。一昔前では考えられないことだった。

うち続く要人暗殺、禁門《きんもん》の変……など、今年になって次々と飛び込んできた情報はどれも、長州をのさばらせて来た幕府の弱体を物語る。

「お上は一体何をしておる」

「長州を制する有効な手だてはないのか」

「今回は勝っても、今後長州に同調する藩が増えれば、幕府瓦解の危険なきにしもあらずだ。われらは、安閑としていていいのか」

「この機会に徹底的に叩き潰すべきだ」

「お奉行のお許しを頂いて、すぐにも幕軍に馳せ参じたい」

奉行所の面々は、口々に息巻いた。親族や近隣の誰かれが、幕軍として長州と戦っているのである、偽りの噂も飛び交った。

ちなみに長州は――。

この戦に敗《やぶ》れ、すぐに恭順謝罪して降伏し、数々の厳しい条件を呑んだ。だがその翌年、起き上がり小法師《こぼし》のように、再び馬関を襲撃し占拠するのである。

江戸にいた将軍家茂はまたも重い腰を上げ、士気の失せた幕軍を率いて、第二次長州征伐に赴くことになる。

しかし長州は武器も戦術も進んでいた。

フランス製ゲーベル銃、最新のミニエー銃、スナイドル銃などを自在に駆使し、装備も軽装で、洋式戦術を展開した。

この軽快な動きの長州勢に対し、幕府勢の多くは旧式で重装備だった。直属の幕軍はさすがにゲーベル銃を使っていたが、東北諸藩などは、未だ火縄銃や槍や刀を持ち、中世以来の甲冑を身に纏っていた。

おかげで十五万の幕軍が、わずか一万の長州軍に大敗を喫する、という信じ難い結果を迎えることになる。

「この国難に際し、われらのなすべきは何か」

奉行小出大和守は、動揺する役人らを三室ぶち抜きの七十二畳の大広間に集め、そう語りかけた。

「長州と戦っているのは英米蘭仏であって、ロシアではない。ロシアは北にあり、隙あらばと虎視眈々《こしたんたん》とわが国境を狙っている。長州に気をとられていると、カラフトを掠めとられるぞ」

シンと静まったところへ、檄《げき》を飛ばした。

「それでも良しとする者は、長州の戦に参じてよろしい。意見のある者は申し出よ。この北の国境線を守り抜くことこそ、われらの使命。中央に何が起こってもうろたえるな。一歩も退《ひ》かぬことこそ徳川の、ひいては日本国のためである」

そんなある霜の朝、幸四郎が登庁すると、皆は詰所のあちこちに置かれた大火鉢に手をかざしていた。

「まだ九月というのに、この寒さは何だ、真冬の寒さではないか」

自らも暖をとりながら、幸四郎はぼやいた。

「このくらいで驚いては困ります。季節はまだ秋ですよ」

杉江と同期の下役伊刈信吾《いかりしんご》が笑って言った。

「ならばいっそう、真冬が思いやられる。この程度の火鉢や囲炉裏で、厳寒に太刀打ち出来るのか」

「そう申されましても」

「おぬしら、よく無事に生き抜いてきたものだな」

するとと杉江が真顔で言った。

「いえ、毎年役所にも二人や三人の凍死者は出てますよ」

「えっ、どういうことだ」

「呑んで帰る途中、吹雪に巻かれてバッタリ、という例が多いです。寝ついてから、そのまま布団で凍死する例も……」

「気をつけませんと、冬は皮膚病も蔓延します。何故かと申しますと、風呂に入らなくなるからです」

伊刈が言った。

「洗髪したそばから髪が凍るし、手拭いはパリパリになる。あまりに寒いので風呂に入るのが嫌になる、顔を洗うのも億劫《おっくう》だ。というわけで、防寒衣を重ねて着っ放しだから不潔この上ない。畢竟《ひっきょう》、皮膚病が蔓延してあちこち爛《ただ》れ……」

「これ、そのへんにしておけ」

奥から、嗄れ声がした。

最年長の支配勤方並《つとめかたなみ》(副奉行補佐)早川正之進《はやかわしょうのしん》が、専用の手炙りに手をかざして、難しい顔でこちらを見ている。

この暮には六十二歳で、奉行所勤めを終える人物だ。第一次箱館奉行所の末期、近習として仕えて以来の古参で、蝦夷全般に通じているため、二度の隠居願いも却下され、未だに何かにつけ引っ張り出される。

髪も白く、物腰も落ち着いているので、組頭代行や奉行代行まで勤めることがある。あだ名は〝早川代行〟だった。

「支倉を見ろ。熊に襲われたような顔をしておるぞ」

周囲でどっと笑い声が上がった。

「安心されよ、今のは悪い冗談だ」

早川代行はにわかに相好《そうごう》を崩した。

「はっ?」

「赴任したての江戸者を担《かつ》ぐのが、わが役所の悪しき伝統でな。ま、他に楽しみのない若輩のやることだ、ははは、不届き千万だが大目に見てやってくれ」

「へ、小出奉行を担いだのは、どなた様でしたっけ」

すかさず伊刈が突っ込むと、早川代行は声を上げて笑った。

「なに、寒さで小便が凍ることがあると申したまでよ、ははは、お奉行がみるみる青くなったので、わしまで驚いたわ、ははは……」

「はあ」

「いや、暖房のことは心配せんでよろしい。われらには強力な新兵器があるのだよ。杉江、そなた、まだ説明しておらんのか」

「すみません、うっかり失念しておりました」

杉江が笑いながら引き取った。うっかりしていたのではなく、担ぐためにわざと言わなかったのだろう。

「その新兵器、カッヘルと申すのですがね」

「カッヘル？」

「クワエヒルとも言います」

「今度は冗談ではなかろうな」

幸四郎は訊き返し、どこかで聞いたような記憶がふと甦る。

そうだった。山ノ上遊廓で、雪太夫の口から聞いたのだっけ。

「蝦夷の冬はほんとに寒うおざんす。でもお役人様がたは、安心なさんし。カッヘルとかいう西洋火鉢があるそうな」

「それ、西洋火鉢のことか」

幸四郎は杉江に言った。

「まあ、そのような物であります。鉄の入れ物に薪を入れ、室内で焚くのですが、これが法外にあったかいのです。それを初めて造らせたのは、わが奉行所の大先輩ですよ」


ちなみにカッヘルとは——。

阿蘭陀語で西洋ストーブのことで、クワエヒルとも呼ばれる。

昔は北辺の警備番屋には、気候のいい時期だけ番人が詰めていたが、情勢の緊迫化でそれでは間に合わなくなり、安政元年には厳寒期にも番人が常駐することになった。

その先鞭として、宗谷《そうや》詰の調役を仰せつかったのが、箱館奉行所の梨本弥五郎《なしもとやごろう》だった。

しかし宗谷は極北の地。天明期に田沼意次に派遣された調査隊の分隊が、零下三十度を越すこの地で越冬し、遭難している。

梨本に同行する妻は身重の身だった。厳寒の中で出産を迎えるのを考え暗澹とした時、思い出したのが同僚から教わった〝カッヘル〟だった。

その同僚とは、後に五稜郭を設計する武田斐三郎だった。武田は、英国船内で強力な暖房具を見て驚き、その性能の優秀さを梨本に話していたのである。

あれだ、あれしかない。梨本は、さっそくその製造の許可を奉行に上申した。

奉行は許可し、武田と梨本を停泊中の英国艦に派遣し、その製造法を教わって設計図を描かせた。

それを携えて宗谷へ赴任した梨本は、優秀なアイヌ職人の協力を得て、悪戦苦闘の末に日本初の〝カッヘル〟を誕生させたのだ。燃料は薪だったようだ。アイヌの言う〝燃える石〟石炭は、まだ普及していない。

同型の暖房器をさらに三十五台造り、オホーツク沿岸や、カラフト、エトロフなどの警備番屋に配った。

だが製造が難しい上、一台につき十二両二分かかる。これは津軽米二百俵が買える値段だった。そのためなかなか供給が追いつかなかったが、近年この箱館奉行所にも回ってきて、すでに何台か使われている。一般に行き渡るのはまだ先のことになるという。

「火鉢や炬燵《こたつ》に比べると、そりゃもう雲泥《うんでい》の差です。やはり洋式は進んでますよねえ」

杉江が、感に堪えたように言った。

「カッヘルが赤々と燃え盛ると、実に気分壮快です。真冬の寒さが楽しくなること受け合いですよ」

幸四郎は頷いて聞いていたが、心のどこかに粛然とするものがあった。酷薄な環境を生き抜くために、先人達は知恵を絞って来たのだった。

五

九月末の氷雨《ひさめ》の降る午後、支倉幸四郎は文蔵《ふみぐら》に入って、古い帳面をめくっていた。蝦夷キリシタンについての記録だった。

なぜそれを読む気になったかといえば、またも小出奉行である。

奉行は七日に一度、すなわち太陽暦で月曜日の朝に、運上所へ出向いて所長の報告を聞き、各国の領事と会うことになっている。

この日の午前も、組頭、調役、調役下役ら数人と警固の者を従えて、運上所に出かけた。

報告が終わり雑談になってから、でっぷりした所長はカッヘルの熱を扇子《せんす》で煽《あお》ぎつつ、ふと思い出したように言った。

「例の新島 某《なにがし》の密航事件はその後どうなったですかね」

すると小出奉行は、

「ああ、大方の調べは終わっておる」

そうだなと確認するように、幸四郎に鋭い視線を向けたのである。

奉行のこの一瞥に、幸四郎は背筋にピリリと震えが走った。詳しい説明を促されたように、思った。だが幸四郎は掛かりではなかったから、詳細を把握してはいない。それは、奉行も承知しているはずである。

奉行はたまたま目を遊ばせただけだ……と思う。思いつつも、幸四郎は忸怩《じくじ》たる気分を消せなかった。必要な場合、奉行に代わって即座に補足説明をするために、役人が随行しているのではないか。

「門外漢ヅラしておる場合ではないぞ。最近の事件ぐらい、報告書にあらかじめ目を通しておけ」

奉行はそう言いたかったのでは、と先回りして考えてしまう。

幸四郎の記憶では、調査は立ち消えになったように思えた。密航の協力者として、福士卯之吉《ふくしうのきち》なる名が上がっていたのは覚えている。この若者はポーター商会という商社の店員だったから、米国船の内部に通じていたと見られた。

だが本人は、新島とはただの英会話仲間にすぎない、と協力を否定した。危険を犯してまで新島を助ける理由も、確たる証拠もなかった。そんなことを幸四郎が思い浮かべていると、所長がパチリと扇子を閉じて言った。

「いえ、最近アメリカ人に、そのことを訊かれたもので。勝手に乗り込まれて、船こそいい迷惑だ、とその者は言っておりましたが、どうなんですかねえ」

小出は首を振った。

「船長の承諾を得なければ、乗船など出来るはずがない。船長は、何がしかの謝礼を受け取って、許可したに違いない。それについては、アメリカ領事にすでに書面で抗議しておるゆえ、いずれ回答が来よう」

そんなやりとりで話題は他に移った。

幸四郎としては、件《くだん》の福士青年は隠れキリシタンではないかと推察していた。信者だからこそ国禁を犯してキリスト教を学ぼうという新島の熱意に、協力したのではないかと。

だがそちらの調べについては、耳にしてはいない。

その筋をあえて手控えたのか、と幸四郎は気を回した。もし追えば、ロシア教会のニコライ神父に行き着き、外交上厄介になる。

もっと大問題に迫られている現在、たかが一青年の密航問題で、二つの大国とことを構えたくない。そんな思惑から、調べを手加減したのではないか、と勝手な想像を巡らしていた

だが、奉行所に戻ってからさっそく掛かりの者に訊き、また文蔵に入り、記録を確かめてみた。その結果、箱館での密航事件に至る新島の足跡は、正確に調べられていたことが分かった。

調査を縮小したと思ったのはこちらの誤りで、実際はきっちり筋を通しており、奉行の仕事ぶりの片鱗が、そこに見られた。

〝田舎奉行所〟と侮っていた奉行所は、想像を絶するほどの多くの密偵を市中に放ち、捜査網を張り巡らしていた。かれらは三人一組で群衆に紛れている。何かあればすぐ集まってくる物見高い見物衆の多くは、実は奉行所の密偵の可能性があった。

ちなみにその後――。

新島襄を密航させたアメリカ船のセイヴォリー船長は、後に罪に問われて、職を追われている。そのことでも、小出奉行が綿密に調査させた上、アメリカ領事に厳しく掛け合ったことが分かる。

それにしても、文蔵は何という寒さだろう。まるで氷室《ひむろ》のようだった。先人の苦闘を記した書類の数々は、生者の肌からぬくもりを吸い取ろうとするごとく、冷え冷えと書棚に収まっている。

幸四郎は、他の書類にも手を伸ばしたが、読むのはまた後日にしようと考え、すぐに閉じた。いや、閉じようとした。

その時、頁に挟まれていた何かが、パラリと滑り出てきたのだ。

「おっと……」

思わず声を出し、床に落ちたものを手に取った。それは一通の封書で、その表書きの〝訴状〟という黒々とした字が目に止まり、オヤと思った。なぜこんなものがここにあるのか。

行き掛けの駄賃ではないが、好奇心を押さえきれずに中の訴状を抜き出した。

少し目を走らせ、息を呑んだ。中の一文に目が釘付けになって、逸らすことが出来なくなったのだ。

これは訴状とあるが、捜索願いだった。

それも男児の……。

〝安政五年九月、木古内《きこない》村在の聖林寺《しょうりんじ》にて、童子（六）が行方不明になった〟とそこには記されている。

〝一帯を捜索したところ、子どもは見つからなかったが、手がかりになる情報が、複数得られた。当日朝、村をうろつく三十前後の見知らぬ男の姿が二人、村人によって目撃されていたという。男児はこの不審者によって誘拐されたと見られ、ここに箱館奉行所の捜索をお願い申し上げる。男児の特徴は、目大きく、額が張り出し……〟

改めて封書が挟まっていた冊子を見直した。

〝蝦夷キリシタンと千軒岳《せんげんだけ》金山について〟と記された古い冊子だった。冊子に記されているのは、二百年以上も前の松前藩の金山とキリシタンの歴史である。それが、数年前に起こった男児誘拐事件と、何の関わりがあるのだろう。

訴状の最後を見ると、聖林寺住職の署名があった。

木古内は、安政元年、箱館と共に天領になった村で、箱館奉行所の管轄内にある。

だが松前に近い辺鄙《へんぴ》な漁村であり、掛かりの役人は、奉行所宛に届いた訴状に一応目を通し、保管の箱に放り込んだのだろう。

その役人（か別の誰か）が、何か引っ掛かりを覚え、それを確かめるためこの冊子を開いたかもしれない。その後、あれやこれやの事情で、そのままになってしまったのだろう。

もう一つの可能性が、幸四郎の脳裏をよぎった。

その役人（か誰か）が、闇に葬り去られるであろうこの誘拐事件を、後の者に解決の糸口を示唆《しさ》するため、訴状をこの冊子に挟んで保管した……とは考えられないだろうか。

この日付からして、男児の失踪は今から六年前に遡《さかのぼ》る。

もしもそれが捨丸とすれば、いや捨丸に間違いないと断言できるが、そうであれば今年の秋に亀田村に瀕死で現れるまで六年間も、一体どこで何をしていたのだろう？

幸四郎は封書が挟まれていた冊子を、明かり取りの連子《れんじ》窓まで持って行き、ゆっくりめくってみた。

そこに書かれていたのは、松前藩が、慶長十七年の禁教令で東北各地から逃れて来た信者達を、手厚く保護したことである。この流れ者キリシタンを、藩は千軒岳金山の鉱夫として雇い入れた。

信者ならぬ松前氏が、なぜキリスト教に寛大だったのか？

ちなみに松前藩の歴史を少しばかり紐解いてみると――。

その歴史は複雑で分かりにくく、どこか悲哀に満ちている。

そもそも〝松前〟という名は、徳川（松平《まつだいら》）家康、前田利家《まえだとしいえ》から一字ずつ貰ってつけたものといい、僻地の外様藩の心情が伺える。

それまでは蠣崎《かきざき》氏を名乗っていた。

室町時代、蝦夷南部に根を張る豪族蠣崎氏を頼って、はるばる渡海して来た若き武将がいた。家督争いに敗れて国を捨てた、若狭《わかさ》武田家の子孫信廣《のぶひろ》である。流浪のこの若者は、客将としてアイヌとの戦に参じて勝利し、蠣崎家の娘婿に迎えられ、当主となった。

以後、蠣崎家は力を強め、松前の基礎を作った。

その五代慶廣《よしひろ》は外交手腕にたけ、秀吉に臣従して蝦夷支配を認められ、姓を松前と改める。大勢が家康に傾くと家康に服し、黒印状によって蝦夷島主として公認されるに至る。

慶長十一年（一六〇六）、松前の高台に福山城が完成すると、慶廣はここを居城とし、松前藩が成立する。ただし蝦夷は米が穫れないため、藩の格を示す石高もなく、後に形式上一万石とされた。家紋は丸に武田菱《たけだびし》。

背後に蝦夷という暗黒の未開地を控えつつ、頭上には徳川という主君を抱く、無石大名の悲哀が、その歴史に滲んでいる。

六

「徳川幕府は伴天連《ばてれん》を日本から追放したが、松前は日本ではない」

そう豪語したのは、松前藩六代目の公廣《きみひろ》だった。

国禁に逆らって信者や宣教師を保護したのは、藩として最も格下だった松前藩の、せめてもの気概の顕われではなかったか。

ところが寛永《かんえい》十四年（一六三七）、キリシタンを中心とする百姓一揆〝島原の乱〟が起こり、幕府の監視の目は厳しくなった。

藩主公廣は江戸まで呼び出され、キリシタンを匿っていることで厳しくお咎めを受けた。そして領内に温存している信者を一人残らず処刑せよ、との命《めい》が下されるのである。

仰天した藩主は松前に帰り、老獪《ろうかい》な策略を弄することになる。

城下の信者には手をつけず、千軒岳や大沢金山などで働く流れ者キリシタン百六人を刎首《ふんしゅ》処刑して、幕府への義理を果たしたのである。

その後、金山には殉教したキリシタンの亡霊が彷徨《さまよ》っているという噂が流れ、鉱夫らが集まらなくなってしまった。

時を同じくして金もまたばったり採れなくなって、千軒岳金山は閉山になったという。


そんな金山の壮絶な歴史を読み終え、幸四郎はしばし寒さも忘れて思いを巡らした。

封書は、この金山のことが書かれた頁に、挟まれていたのである。

思いついてこの千軒岳金山と、訴状が出された木古内との位置関係を、地図を取り出して調べてみた。

箱館から海沿いに続く街道は、木古内で二つに分かれ、一つは南の松前方面に、一つは西の江差方面に向かっている。

この江差、松前、木古内を結ぶ三角形のほぼ中央の上之国《かみのくに》に、千軒岳は位置していることが分かる。

つまり木古内から西に向かうと、松前と上之国の国境いに至り、その山中に金山はある。誘拐された童子が、その辺りに連れて行かれた可能性は、充分にあるだろう。

また聖林寺とあるが、この寺と童子はどういう関係なのか。住職の息子なのか、口減らしのため寺に預けられた稚児《ちご》だったか。

数々の謎と照らし合わせると、幸四郎の脳裏に立ち上がってくるのは、誘拐された童《わらべ》がどこかに鎖で繋がれて監禁されている、生々しい情景だった。

遠くで、退庁を告げる太鼓が鳴りだした。

幸四郎はやおらその封書を懐にねじ込んで、冊子を元の棚に戻し、急いで文蔵《ふみぐら》を出た。

この五稜郭の新庁舎には、松前藩の役人たちが、視察と称してしばしば連れ立ってやって来る。夜は山ノ上遊廓を視察し、その規模大きさ美しさに感動して帰るらしい。

その翌日にも数人が、藩の役人に案内されてやって来た。

幸四郎はその須藤《すどう》という役人と顔見知りだったから、さっそく案内を買って出た。

所内を一巡した後、小座敷で茶と茶菓子をふるまい、しばし四方山《よもやま》話に興じたあげく、木古内にあるという聖林寺について、さりげなく訊ねてみたのである。

「聖林寺ですか、さて……」

須藤は首をひねったが、中の長老格の役人が茶碗を置いて言った。

「その寺は……もしかしたら、火事で焼けた寺ではござらぬか。いや、それがしは隣の知内《しりうち》の出であるゆえ、木古内はよく知っとるのです。風の強い夜に祭壇から出火し、寺は全焼したはずでござる」

「それはいつのことです？」

幸四郎は乗り出した。

「はあ、あれは三年前でござったかの。寺は天領にあったのに、火事がすぐ裏の松前領の山林に燃え広がったため、扱いが難しかったと記憶してござる。まあ、古い貧乏山寺であるし、住職も老齢だったから、奉行所は住職を追放処分にしただけでしたがな」

「その寺は何宗だったのです？」

「さあて、何宗の寺でござったかの、詳しいことは……」

少し考えていたが、

「そういえば、噂では昔その辺りで死んだキリシタンを弔った寺だとか。松前には、ヤソ教の伝説が多くござっての」

「金山と関係が深かったとか？」

「はあ、金がザクザク採れた頃の話ですな」

須藤が頷くのを見て、幸四郎が言った。

「地図で見ると、木古内から、千軒岳や大沢金山が近いですね」

「確かに松前領には金山が多くござった」

須藤が茶を啜って言った。

「昔は一攫千金《いっかくせんきん》を夢見る山師が、砂金採りに群がったという伝説があります。福島町辺りの入り江に船を隠していたとか、上磯《かみいそ》辺りに漂流していた無人の小舟に、砂金が積まれていたとか……」

「今は金が採れないというが？」

「はい、さっぱり採れんようになり申した、地震で地殻が動いたからだそうで」

長老格の役人が言うと、若い一人が頷いて声をひそめた。

「表向きはそうですが、最近よく聞きますよ、金は地中にたんまり埋蔵されたまま、坑道が地震で塞がったのだと」

「これ、妙な噂を振りまくでない」

老人が笑って、やんわりとたしなめた。

「妙な噂というが、金は実際、埋もれているのではないですか？」

幸四郎が口を挟んだ。

「昔からそう言われてはいますがね、確かめられたわけではござらぬ。時々〝金が出た〟と巷に流れる風評《うわさ》は、ほとんどいい加減なものですよ。それを信じ込み、昔の栄光にあやかりたいと、流れ者が押しかけてきても困りますでの。ははは」


小春日和の休日の午後、幸四郎は海鬼灯を舌で遊ばせながら、陽の当たる縁側に腕を組んで座っていた。

庭で若党の与一が落ち葉を焚いているのを、もうずいぶん長いこと眺めている。風向きのせいで煙が時々こちらまで流れてきて、煙たいのだが、幸四郎は席を変える気もない。

封書の記述を信じるならば、捨丸は、幼少期、誘拐されて親と引き裂かれ、過酷な運命に晒《さら》されたのではないか。

その背後に何か大きな影を、幸四郎は確信していた。

捨丸の足首に今も残る傷を見ると、一つの残酷な……身震いするような悪夢を紡がずにはいられない。

捨丸は逃げないよう足を鎖で繋がれて、この空白の六年を過ごしたのではなかったか。

何のためかというと、おそらく金山のためだ。

あくまでも噂にすぎないが、渡島半島南西部の山中には、未だ金鉱が埋もれたまま眠っているらしい。

そして幸四郎の胸に鬱勃《うつぼつ》とするのは、捨丸の不思議な予知能力である。幸四郎は笑い飛ばしているが、内心すでに、それを信じている。捨丸は幼い頃からその特殊能力を、人に知られていた可能性があり、それが誰か悪い連中に利用されたのでは、と想像されるのだ。

それは、一山《ひとやま》当てようと目論《もくろ》む山師連中か。

はたまた、昔の栄華を取り戻そうとする松前藩か。

捨丸はそんな何者かに囚われて、金のありかを予想させられていたのではないか。

だがその能力を自分のために活用し、そこから自力で逃げ出してきた……？

幸四郎は、そんな想像をかきたてられ、胸をざわつかせた。

問いただせば、その過去を覚えている可能性はなきにしもあらず。手がかりさえ摑めば、誰に誘拐されたか割り出せるかもしれぬ。

だが今さら、悪夢を思い出させていいかどうか。

まるで山から這い出して来た精のように、捨丸は土臭く純朴だ。このまま幾重もの謎に包まれて成長し、少しずつ忘れていけばいいのではないか。

公《おおやけ》にすれば凶器ともなる予知能力も、内輪にとどめれば無害だ。敵に見つからぬ限り、普通の子として捨丸は幸せに生きられよう。

その道を取るべきだ。

そんな思いに確信を抱いた幸四郎は、やおら立ち上がって、文蔵《ふみぐら》から持ち出してきた訴状を手に取り、ビリリと破った。

そしてそのまま庭に下りて、焚き火の炎の中に投じた。


「そーら、坊主、馬に乗ってみないか」

ある晴れた日、幸四郎は捨丸を馬に乗せ、自分も飛び乗って、一笞あてた。

日は照っているが、冬枯れた原野に吹き抜ける風は身を切るように冷たい。ススキの穂がざわざわとしなる中を駆けると、吐く息が白く凍ったようになる。

子どもはそれでも、キャッキャッと声を上げて喜んでいた。

「よーし、捨丸はもうどこにも行かんぞ」

幸四郎は風に逆いながら、叫んだ。

いつか誰か連れ去ろうとする者が現れたら、自分は戦うだろう。おまえは誰のものでもない、地から湧き出て、縁あって自分の元に身を寄せた天の子なのだ。

「捨丸はおれのそばで大きくなって、人のために尽くせ。いいな！」

捨丸は意味を知ってか知らずか、キイーッと奇怪な声を上げ、馬のたてがみにしがみついた。

第三話　山ノ上遊廓 月女郎

一

「……お雪さんでおざんすか」

女は、咳き込みながら煙管《きせる》に火をつけて言った。

仕掛け（内掛け）の上に綿入れを着込んでいて、その着ぶくれた背中が、咳のたびに大きく上下する。

この箱館に大雪が降った日から、三日たっていた。

寒気がゆるむのを待ちかねて、支倉幸四郎は亀田からはるばる山ノ上にやって来たのだ。お目当てはもちろん雪太夫であり、この着膨れ女郎ではない。

この前に来た時、雪太夫は具合が悪いからと休んでおり、代わりにこの袖垣《そでがき》という女が付いたのである。

(今宵こそは雪太夫に逢いたい)

と、今日は心弾ませて大門を潜った。

だが手稲屋《ていねや》の遣り手婆は、不機嫌に言った。

「あの妓《こ》はもう此処《ここ》にはいませんよ」

「どうしたのだ」

驚いて事情を訊ねたが、お察しくださいましよ……と呟いて手を振り、まともに答えてくれなかった。

やむなくそのまま登楼し、前に付き合った女を指名したのである。だがその袖垣が現れ、ゆるゆると廓言葉で挨拶するその風貌を見て、幸四郎は後悔に襲われた。

女は特徴のない顔立ちで、甚だしく色気に欠けていた。

遊女は二十七、八までと年齢制限があるはずだが、この女は三十過ぎに見えた。

時々押さえ切れないように咳き込むのが、本人は風邪と言うが、労咳《ろうがい》のようにも思える。その身体は漢方薬の薬草の匂いを漂わせていて、子どもの頃、牛込《うしごめ》の屋敷の奥にいていつの間にか死んだ、遠縁の老女を思い出させた。

まだらな白粉《おしろい》の下から地肌が見えているのも、眉と眉がくっつき過ぎているのも、色気とはほど遠く思われる。

あの雪太夫は、名前のとおり真っ白な肌をしていた。

この山ノ上で、雪太夫ほど白い肌をして、華奢で、笑み崩れると佐絵に似て見える遊女は他にいない。

幸四郎は秘かにそう思っていた。

前回に初めて会って、名を問うと、煙草や酒の喫《の》み過ぎらしい嗄れ声で、袖垣でおざんす……と愛想なく答えた。

「袖垣か、ふーん。袖垣とは門の横の垣根のことだな」

「あら、そうでおざんすか」

「何だ、知らんのか」

味けないまま廻し部屋に導かれ、床入りした。

だがその床あしらいには案外な情味があった。なるほどこの見かけでこの楼《みせ》にいられるのは、それなりの理由があるのだ、と妙に納得したものだった。

「そうだ、雪太夫のことを知りたい」

幸四郎は言った。

雪太夫を目当てに来たが、あてが外れてこちらに回った。そうあからさまに言っては、袖垣も面白からぬことだろう。そうは察しても、うまく言い繕う余裕がなかった。

女はしばし黙って、煙管を吸っている。見るともなく幸四郎は、黒地に扇模様の縫い取りのある仕掛けと、その上に羽織った小豆《あずき》色の綿入れを眺めた。着古してはいるが、豪奢ではあった。

「雪太夫さんは……」

女は煙を吐き出しついでに、囁くような嗄れ声で言った。

「異人さんのおヨメになりりんした」

「何と」

幸四郎は愕然とし、言葉を失った。

どこの国の……と訊き返したいのをかろうじて喉元でこらえた。知ってどうする。仕事上、知らないほうがいい。

「いつのことだ」

「大雪の降った翌朝でおざんした。お金を積まれて、泣く泣くラシャメンになりりんした」

「三日前か」

先ほどの遣り手の無礼な態度が、初めて分かった。

異人から無法な行為を受けても、楼ではめったに役所には届けない。相手が領事館関係であれば、なおさらだった。

ラシャメンとは異人専用の公娼のことで、開国後に使われだした新語である。アメリカ領事ライスは、奉行所と掛けあったあげく、山ノ上の料理茶屋の酌婦だった〝たま〟という器量良しを妾として身請けしている。

その年俸が百三十両という高額で、下田で駐日公使ハリスに仕えたお吉《きち》と同額だったため、それまで忌み嫌われていた異人妾の志願者がどっと増えたと言われる。

索漠たる思いで、幸四郎は不味《まず》くなった酒を重ねた。此処に居るのさえつらくなったが、さりとてこのまま、凍てついた町に出て行く気力もない。

黙々と盃を口に運んでいると、女までが黙り込んで、大きな火鉢の向かい側に座り込み、煙草を吸っている。

何だか綿入れを着込んだ老猫のようだった。

客を相手にする時ぐらい寒くても綿入れを脱げよ。そう言おうとしたが、実際にはこんな言葉が口から洩れ出た。

「寒いな、もっと火を熾《おこ》せ」

女は火箸で炭をかき熾し、それでもそばににじり寄ってきて酌をした。

「幾つになる」

「十九になりんした」

「ほう、まだ十九か。……どこの出だ」

「江差でおざんす」

「江差？」

「ぬし様、江差を知っていさんすか」

「いや、知らん。ただ江差追分というものを聞いたことがある」

「まあ、いかがでおざんした」

その面差しが急に上気し、心なし生気が甦ったようだ。

「あれはいい唄だ」

酌をされるまま盃を重ねながら、幸四郎は思い出していた。

江差という地名は、ニシンが大量に陸揚げされ、北前船《きたまえぶね》が着く港として知っていただけだ。ただ、船で聞いた江差追分を、赴任してから酒の席でもう一度聞いている。

小出奉行に従って相伴《しょうばん》した酒席での、ある老商人の余興だった。

それは独特の節回しに特徴があり、〝かもめ〟の一言を唄うだけでも、〝え～ええ～〟と長く長く尾を引かせるため、何と唄っているのかさっぱり分からない。

にも拘《かか》わらず、荒い波濤を枕に生きる船乗りの心意気が、直截《ちょくせつ》に伝わってくる。

〝……あれがエゾ地の山かいな〟

中ほどで唄われるこの一節では、幸四郎が船から蝦夷の山波を初めて見た時の、あの心細さが甦ってきた。

これは、故郷を離れて命がけで任地に赴く〝防人《さきもり》〟の唄ではないか。そう思ったことが、幸四郎の酔った脳裏に刻まれた。

ちなみに江差追分は——。

信州の追分宿あたりの街道筋で、馬子《まご》に唄われた馬子唄が、この唄の源流だとされている。

追分宿から、北国《ほっこく》街道で北に向かう盲目のゴゼ達や、参勤交代の武士によって越後に伝えられ、北前船で蝦夷に運ばれたという。

江戸中期の寛政の頃には、北辺の港町では、すでに江差追分が唄われていたと言われる。

筆者がまだ小学生の頃、何かのバス旅行で江差に行ったことがあり、そこで喉自慢の地元の漁師による、本場の江差追分を聞いた。

この唄は、頭の下を大波がうねって行くように、ゆっくり唄うのが作法だ、と聞いたのが今も忘れられない。

意外にも袖垣が言った。

「わっちはそれを子守唄に育ちました」

「ほう。では唄えるのか」

「いえ……」

左右の鬢を大きく膨らませた横兵庫《よこひょうご》の頭を振ると、何本も挿した鼈甲櫛《べっこうぐし》が揺れ、いかにも重そうに見えた。

「江差追分はとても難しゅうおざんすの。歌詞は覚えていても、すぐに唄える唄ではありんせん」

「下手でもいい、さわりだけでも聞きたい」

冗談のつもりだった。

気の利いた女なら、かたわらの三味線を取ってつまびき、さわりだけわざと艶めいて唄うだろう。

だが袖垣はそうした女ではなかった。初めは羞じらうように微笑し、ためらっていたのだが、やおら決心したように綿入れを脱いで正座し、大真面目に唄いだした。

驚く幸四郎を尻目に、何度か小さく咳払いし、ソイ、ソイ……と間《あい》の手を入れ、大きな声を張り上げたのだ。

「……国を離れてェ　エゾ地が島に　幾夜寝覚めの波枕　朝な夕なに聞こゆるものは友呼ぶかもめと波の音……」

磯が香るようなその漁師唄は、脂粉漂う妓楼にはそぐわない。

だが袖垣は、隣室に声が届くことなど斟酌《しんしゃく》せず、無心に声を張り上げた。日頃の嗄れ声が、逆にすがれた味を出していたようだ。

頬にほんのりと赤味がさし、思いがけなく色気が滲んだ。

唄い終えて放心したような顔は、肌が上気して薄桃色に見え、目が潤んでいた。幸四郎は拍手してねぎらった。

「上手いものだな」

「ありがとうおざんす」

嬉しそうな微笑が、見違えるほど色っぽかった。

「どこの情人《おとこ》に教わった？」

わざと言うと、みるみる頬を染めた。いや、塗り込めた化粧で顔色は分からなかったが、幸四郎にはそう見えたのである。

「まさか……そんなお方はおざんせん。わっちの父様《ととさま》が、酒を呑めばいつもこの唄を唄いなんした」

はにかみ笑いをしながらムキになって否定する、その思いがけない激しさに、初めて幸四郎は女を感じた。

「わかったわかった。今夜は私がお前の情人だ」

床に招き入れると、少し固くなって応じた。その身体は痩せて骨張っていたが、首筋や胸は若い清潔な線を描いていた。

「では、袖垣の父御は漁師か」

「はい」

袖垣は頷いたが、急に涙ぐんで嗚咽《おえつ》し始め、それきり何を聞いても答えなかった。

二

「凍《しば》れますな」

この土地では、人々は寒い日に顔を合わすとそう言い合う。

夜来から降りだした雪は、朝になっても止む気配がなかった。静かに、ほとんど途切れることなく、雪は連日降り続いた。

何とサラサラと乾いた雪だろう、と江戸者には珍しかった。

内地の湿った雪と違って、細かく乾いた粉雪である。

着物について払えばはらはらと落ちるが、吹雪いて肌にくっつけば溶けずに目も鼻も塞いだ。

普段は風で飛ばされあまり積もらないのだが、こうして大雪になると、踏み固められて根雪になり、固く締まって、歩くとキュッキュと軋《きし》む。

〝凍れる〟とは、そんな寒さのことと幸四郎は合点した。

こんな時、件《くだん》のカッヘルの威力は、聞きしにまさった。

もともと最北端ソウヤの極寒をしのぐため、奉行所の大先輩が、西洋の暖房機に改良を加えたものである。外はどんなに吹雪が逆巻《さかま》いても、カッヘルがごうごうと音をたてて燃えていると、相当に広い部屋でも汗が出るほど暖まった。

蝦夷にはこんな心強い武器があったのか、と目を瞠《みは》る思いだった。

だがまだ一般には普及していないから、市井《しせい》の人々は部屋の真ん中に掘った炉で、薪を焚いて暖を取っているのである。

そのためか、市中にしばしば火事が発生した。

急報があると、ただちに奉行所は動いた。焼け出された人々に寒さしのぎのお救い小屋を準備し、馬橇《ばそり》に、すぐ食べられる饅頭などを積んで被災者に配り回った。大火ともなれば備蓄米を放出せねばならず、そのたびに米価が高騰し、米価対策が迫られた。

また十月下旬からは、奉行所恒例の行事として、剣術槍術の寒稽古が始まっていた。

稽古は五稜郭内にある道場で、早朝から行われ、終われば皆に熱い粥がふるまわれた。

それを食べ、与一が持参してきた小袖、平袴、羽織に着替えて、出庁するのである。

そのように毎日が忙しく過ぎていった。

それにしても驚かされるのは、奉行所の役人達がよく呑むことだ。

今年の冬は、亀田村に居酒屋が急増したそうだが、中でどこより客が溢れて繁盛しているのが『かめだ』だった。

どの家にもある炉が店の中央に切られ、〝囲炉裏焼き〟とうたって、炉端で何でも炙《あぶ》って出した。近海で穫れたイカ、イワシはもちろん、ゲソ、スルメ、身欠きニシン。

さらに芋、カボチャなど地元の野菜も焼いてくれた。

店中に煙と焼け焦げの匂いが充満し、人いきれで暖かく、いつ行っても知った顔がたむろしていて、誰かしらに出会う。

この地の呑み屋では、江戸と違って、格下も上司もない。さすがに奉行は姿を見せないが、副奉行格の組頭が同心や下役などと呑んでいる光景がよく見られた。誰もが酒が強く、よく呑んだ。酔っ払えば手拍子でよく唄った。

そんな師走のある夜のこと。

所用で湯川の漁場まで出かけた帰り、支倉幸四郎は久しぶりに熱燗が恋しくなり、『かめだ』の暖簾を割った。

「おっ、支倉様ではありませんか、こちらこちら……」

もうもうたる煙の中から、すぐに声が掛かった。下役の杉江と、その同期でいつか暖房のことで幸四郎を担いだ伊刈がいた。

ただもう一人同席していることで、いささかためらった。

志賀浦太郎《しがうらたろう》といい、庄屋の倅から武士になった男で、才人の評判が高かった。身分は組下同心、仕事はロシア語の通事見習いである。

男前のせいか若くして色町に通じ、山出しのむさ苦しい芋侍が多い中で、ひとり際立って垢抜けていた。呑めばバッテン言葉を連発する肥前《ひぜん》人だが、ロシア語を話すと颯爽とした国際人に変身し、ロシア領事ゴシケヴィッチの覚えもいいらしい。

この店の常連で、バッテンとあだ名されて人気があった。だが、何故だか幸四郎には親しまず、どこか反発的な態度を見せるのだ。

調役として江戸表から舞い降りてきたこの二つ上の上司が、町方から武士になった志賀には、面白からず映るのか。

嫌われた幸四郎からすれば、ロシア語が話せるといってそれがどうした、という気がある。こんな下っ端のバッテン男と、好んで酒を酌み交わしたいとは思わない。

だが忌避《きひ》するのも大人げないと思い、そのまま座に加わった。

初めは四人で他愛ない四方山話をしていたが、酒が進むといつも長州戦争の話となり、天下国家の議論で盛り上がった。

その話も一段落すると、志賀がふと思い出したように呟いた。

「そういえば、先だって妙な噂ば聞きましたよ。山ノ上の遊女がまた死んだそうです」

「また……とは?」

盃をあおっていた幸四郎が、聞き咎めた。

「ここらの遊女は、そうしばしば死ぬのか」

「いや、詳しくは分からんとですが」

「どこの女郎なんだ？」

伊刈が乗り出すようにして訊いた。

「ほれ、大門に近い手稲屋ですよ。愛想がなくて、さっぱりお客がつかない女子《おなご》だそうで、ええと袖……袖……」

「袖垣か」

思わず幸四郎は言った。

「あれ、支倉様、隅におけませんねえ、ご存じだったんで？」

伊刈が妙な笑いを浮かべ、すかさず突っ込む。

「いや、名前だけだが。しかしそれは本当か？」

「はい、事故だそうですがね、何ぶん夜中のことで噂があれこれ……」

「おい、勿体《もったい》ぶってないで、事情を早く話せよ」

伊刈がせっついた。

「ですからね、崖から下の空き地に落下して、凍った地面に頭を打ったと。まあ、事故にしては不自然といえば不自然ですよね」

「崖から落ちた？　そんなことがあるのか」

幸四郎は、胸の中で嗚咽する袖垣を思い出しつつ、言った。

「崖の多い町ですからね」

確かに山ノ上遊廓は坂の多い傾斜地にある。中央を貫く急な坂道の両側に、まるで段々畑に建つように、妓楼が甍《いらか》を重ねている。

どの妓楼もほとんどが二階屋で、一つの建物ごとに崖で区切られていた。路地の奥などは石段だらけの迷宮で、凍った雪の上に新たな雪が降り積もれば、滑って危険だった。

袖垣は、手稲屋の裏の崖から落ちたそうだが、下はあまり雪が積もっておらず、落ちた衝撃で気を失ったらしい。朝になって発見された時は、凍死していたという。

「しかし、籠の鳥の遊女が、なぜそんな所から落ちたんだろうな」

伊刈が首を傾げて訊く。

「その辺りに湯殿《ゆどの》があるそうですよ」

「湯殿？」

「遊女たちはむろん昼湯に入るのですが、冬の夜は寒くて眠れんとです」

店の引ける九つ（十二時）前後に奉公人が湯に入るが、手稲屋ではそのしまい湯なら、湯銭を払い風呂番に小銭を渡せば、もう一焚きしてくれるという。九つ半（一時）の見廻り時に部屋に戻っていれば、大目に見られた。

もっとも湯殿までは、二階から階段を下り冷え冷えした渡り廊下を通らなければならない。だから遊女らはあまりしまい湯に入らなかったが、宿《とま》り客が少ない袖垣は常連だったという。

その夜は雪も上がって寒気も緩んだから、夜の雪景色を見ようと庭に出て、崖上にせり出して積もっていた雪を踏み抜いた……。

楼の亭主はそう説明しているという。

「何とも解《げ》せん話だな」

すぐに伊刈が言った。

「せっかく湯で暖まったのに、なぜ寒い戸外に出るのか。雪景色なぞ珍しくもなかろうに。まして夜中に崖っ縁まで……」

「足抜けではないのか」

足抜けとは脱走のことである。杉江の言葉に皆は頷き、口々に同じことを言い合うのを、幸四郎は黙って聞いていた。

確かに辻褄の合わぬ話であり、そこには何か語られぬ、闇に塗り込められた部分があるような気がする。

しかし辻褄が合わなくても、奉行所はいちいち事情を調べたりはしない。遊女の死亡届けがあれば員数を書き直すだけだ。

あれから一度も楼に上がっていないのが、幸四郎は悔やまれた。

それは懐具合の問題であって、忘れていたわけではない。

「その遊女はどうなった」

話題が他に移ろうとした時、ポツリと幸四郎は訊ねた。

「ああ、身寄りがなければ投げ込み寺でしょう。あの廓から西に山を回り込んだ山背《やませ》泊《どまり》町に、そんな寺があるのですよ」

杉江が説明した。

「たいていの女郎は、死ねばそこに無縁仏として葬られます」

袖垣に江差追分を教えた父親はどうしたのだろうか。幸四郎はそんなことを考えながら盃を重ねた。

三

「もし……」

行きずりの女に呼び止められたのは、それから数日後、旧奉行所の近くを歩いていた時だった。

師走も押し迫って、奉行所もあと数日となり、年内最後の公務で大町まで出向いた帰りである。凍てついた夕方で、防寒頭巾を目深に被って、懐手《ふところで》をしていたが、それでも全身が冷気でひりついた。

「支倉様ではございませんか」

俯いて考えごとをしていた幸四郎は、はっと顔を上げた。

思いがけずそばにスラリと立っていたのは、綿入れの上に毛布のような肩掛けを巻きつけた、四十がらみの女である。

「やっ、お千賀《ちか》さん」

いつぞや異人の馬に蹴られそうになった、あの女だ。

あの時は転んで怪我をしたため、その後は見舞いに一度、必要な調査のために二度、会っている。

この近くに店を構える古着屋『厚木屋《あつぎや》』の女房だったが、年の離れた亭主が労咳で寝付いてから、奉公人を抱えてお千賀が店を切り盛りしていた。

「これは奇遇だ。実は今から、厚木屋に寄ろうかどうかと迷っていたところなのだ」

「あれ、迷うなんて嫌ですよ。このあたしにご用がおありなら、いつでもおいでくださいましな」

お千賀は嬉しそうに、顔をほころばせた。

えらが張って決して美人ではないが、四十女の肉感的な色気と、店を切り盛りする女らしい、明るい愛嬌があった。本人が言うには、江戸深川育ちだそうで、蝦夷訛りもなかった。

「今日はもうお仕事は、終わりでございましょう？」

「まあ、そうだ」

「じゃ、どうぞお寄りくださいましな。ここからすぐですもの、熱燗などご用意致しますから」

「それは困る」

幸四郎は苦笑して言った。

「むやみに酒を馳走になるのは、ご法度《はっと》だからな」

「またまた……文倉様はほんと、お固いんですから」

「ただ、ちと訊きたいことがあるんで、茶を一杯馳走になろうか」

実を言うと、幸四郎は山ノ上町から下りて来たところだった。

前に雪太夫の消息を袖垣から聞いたように、今度は袖垣のことを別の遊女から聞いてみようと思ったのだ。

だが大門を潜ってみたものの、心が萎《な》えてそれ以上、足が進まなかった。事情を訊き回ったところで、馴染みでもない客に、女たちが真相をべらべら喋るとも思えない。

まして袖垣が生き返るわけでもない。

立ち止まってためらっていると、異人揚屋を目指す一団が、がやがやと異国語を巻き散らしながらやって来るのが見えた。松飾りをした廓の正月仕度を、珍しがっている様子だった。

幸四郎はすぐ手前の路地を曲がり、そのまま廓を抜けて、身も凍りそうな海風吹き抜ける坂を下った。

その辺りから、お千賀の顔が胸に浮かんでいたのだ。お千賀は商売柄、遊廓に出入りし、張り店で遊女らと話し込み、また楼の亭主らとも懇意にしている。

厚木屋は古くから山ノ上の色町に食い込んでいて、死亡、身請け、逃亡などで居なくなった遊女の古着を、一手に引き取っている。注文に応じて、江戸から古着を取り寄せてもいた。

「支倉様には恩義がございます、何でも頼んでくださいまし」

口癖のようにそう言うお千賀のこと、知っていれば隠さず話してくれよう。

ただ、店に寄れば、袖垣とのことを説明しなければならず、それが厄介で迷っていたのだった。

厚木屋はなまこ壁のしっかりした蔵造りで、囲炉裏は煙が出るからだろう、店内には大きな火鉢が二つ置かれているだけだが、ほっかり暖まっていた。

表座敷の壁には小袖や襦袢などの古着が吊るされ、衣桁《いこう》にも色とりどりの着物がかかっている。

頭巾と外套を脱いで、上がり框《かまち》に腰を下ろすと、若い下女がさらに炭火があかあかと燃える手炙りを運んできた。

それに手をかざしこすり合わせながら、幸四郎は言った。

「どうだ、繁盛してるか」

「いえ、もう、不景気で困っておりますよ」

「そうも見えんがな」

「ほほほ。で、何でございます、頼みごとって」

「最近、花魁が亡くなったろう」

「あら、手稲屋のお袖さんのことでございますか？」

お千賀は驚いたように、細い目を見開いた。

「袖垣を知っているのか」

「そりゃあ、もう。あそこの張り店によく出入りしますもの。うちばかりじゃありません、紙屋さん、呉服屋さん、小間物屋、菓子屋、洗濯屋……いろんな店が押しかけてますよ。でも、なんでございますか、あのことを、奉行所がお調べなんでしょうか」

「あのこととは？」

「いえ」

どうやらお千賀は、幸四郎が奉行所のお調べで来たと勘違いしたらしい。他の女ならいざしらず、まさか幸四郎があの袖垣の客だったなどとは、考えもしなかったのだろう。

だが微かにお千賀はためらい、言葉を呑み込んだようだ。

「断っておくが、これはあくまで予備の調べに過ぎん。ちと気になる噂があったので、訊くだけのこと……。すぐどうこうする類いのものではない」

もっともらしく幸四郎は説明した。

「そうでございますか」

お千賀は半信半疑の顔で頷いた。

「お袖さんはお気の毒でした」

それきりしばらく黙って華奢な手を動かし、お茶を茶碗に注いですすめた。

「かたじけない、こんな日は熱い茶が何よりの馳走だな」

熱い茶を旨そうに啜って、幸四郎は言った。

「しかし、何があったのだ」

するとお千賀は、少し待ってほしいとばかりに片目を瞑ってみせ、帳場を振り返って、そこにいる番頭に声をかけた。

「番頭さん、もう今日は帰っていいよ。後はあたしが、いいようにやっておくから」

しばらく四方山話をし、奉公人が辺りにいないのを見定めて、声を低めた。

「ここだけの話ですけど、お袖さん、お仕置きされたそうですよ」

「仕置き？」

あの物静かな地味な女が、一体何をしたというのか。だがそれ以上訊くのも恐ろしい気がして、適当な言葉が出なかった。

「つまり折檻《せっかん》でございますよ。もちろん見せしめのためでしょうけど、折檻の行き過ぎで死なせちまったとか」

「逃げたのか？」

「いえ、逃げた花魁を、助けたんだと聞いております」

「………」

「廓の人たちは皆、その顚末をよく知っているんですよ。でも外に漏らしたりはしません。廓で起こったことは、廓だけのこと……」

「お千賀どのは特別なのか」

「え？ あら、あたしですか。身内と思われてるみたいですよ」

お千賀は笑い、ふと色目で幸四郎を見た。

「これも支倉様だから言っちまうんだけど、あたしは若い時分、深川で酌婦をしていたんです、少しの間だけど。古着の商いで江戸に来た今の亭主が、救い出してくれたんですよ。おかげで蝦夷くんだりまで連れて来られたけど、ほほほ……。こっちは古着屋の女房になり切ってるつもりなのに、向こうさんは分かるんでしょう」

「なるほど」

「でもあたしだって、よほどのことがなけりゃ、外に漏らしたりはしません」

その言外の意味を、幸四郎は気づかぬふりをして言った。

「花魁の逃亡は、しばしばあるのか」

「そうですねえ。冬場はあまり聞きませんけど、過去には結構あったようですよ。でもほとんど捕まります。だって、廓中の大勢の男衆が、犬を連れ、血眼《ちまなこ》で探し回るんですからねえ。町の若い衆にも応援を頼みます。廓を出たこともないか弱い女が、しょせん逃げられっこありません。捕まれば、これ見よがしのお仕置きですからねえ」

お千賀は眉根をしかめ、茶を熱そうに啜った。

「でも今回は何故だか、捕まらなかったみたいですよ。これは内部に手助けする者がいて逃亡を助けたってことになり、さらに調べを進めていたんですって」

「その逃げた花魁だが」

「ああ、たぶんご存知じゃありませんか、手稲屋の雪太夫さん」

「えっ？」

衝撃で声が裏返りそうになったが、かろうじて平静を装った。

「雪太夫は、異人に身請けされたと聞いたが」

「ええ、その話があったのは事実ですけど、どうしても嫌だったらしいですね。何でも、将来を誓ったお相手がいたそうで。お袖さんはそれを知って、同情したという話ですよ」

四

雪太夫の恋人は蓑吉《みのきち》という。

蓑吉とお雪について、承知していたのは袖垣だけである。だから深いところまでは誰も分からないが、手稲屋の亭主が人を使って調査した結果、かなりのことが明るみに出たらしい。

その二人は、津軽で兄妹のように慕い合って育った幼馴染みだった。蓑吉は漁師の倅だったが、十六の時、三つ下のお雪が身売りされたと知って、村を飛び出したという。

お雪の消息を辿って、この遊廓に現れたのは昨年のことである。蓑吉は二十一になっていた。

訪ね当てたとはいえ、逢うことなど叶わなかった。花魁はいつも妓楼の二階にいて、ほとんど外に出ることはない。客として逢いたくても、揚代がなければ不可能だ。そこで蓑吉は、この山ノ上遊廓で働くことを決意し、別の茶屋に使用人として住み込んだのである。

幸い秘かに連絡が取れて再会を果たし、以後は時々密会もしていたという。その手引きをしたのが袖垣だったことも、突き止められていた。

しかし雪太夫はその美貌ゆえに、異人に見込まれ、正式に身請けを申し込まれる。手稲屋の亭主は、莫大な金額でその話をまとめてしまった。

嘆き悲しむ雪太夫に、

「大雪の夜、裏の崖から逃げなんし」

と囁いたのが袖垣だったらしい。

湯殿の背後は崖になっていて、袖垣は夏の夜など、よくそこからぼんやり暗い海を眺めていたという。

そこの崖は普通より高く切り立ち、高さにして二階分はあった。

下は多目的な広場になっていて、馬で来る客のための馬繋ぎや、駕籠屋の出張所や、番屋があった。番屋には、火消しと用心棒をかねた番人が交代で詰めていた。

火事などの緊急の出入りに備え、広場には障害物は何も置かれておらず、冬は雪かきなども念入りだった。除雪された雪は崖に沿って積み上げられ、雪の夜はさらにその上に大雪が降り積もる。

袖垣は日頃から、そのことにも気づいていたらしい。

崖下に積まれた雪が、溶けたり凍ったりしないうちに飛び下りれば、フワリと着地出来るだろうと。

下でカンジキや橇《そり》などを用意して待っている者がいれば、雪の日こそ逃げ切れる。その足跡や匂いは、降り積もる雪が消してくれるから、犬も追えないはずだ。

山ノ上町の背後は牛の眠る〝臥牛山〟である。低い山で見晴らしがいいから、逃げ込んでも景色で方角が分かり、まず迷うこともなかった。

雪の夜は廓に通行人もいないから、絶好の好機である。

「大丈夫。後はわっちに任せて逃げなんし」

そんな言葉に、雪太夫は飛びついたに違いない。

捕えられれば、凄惨な仕置きが待っているのは誰もが知っている。その折檻を生き延びた遊女は少ないし、その凄まじさを見せつけられて、衝撃のあまり自殺した遊女さえいた。

だが雪太夫が捕えられる時は、蓑吉も一緒である。死ぬ時も一緒であれば、それは心中と同じだろう。

異人の妾になるよりは、その方がいい。雪太夫はそう思い決し、蓑吉と心を一つにして、いそいそと逃げる手はずを整えたのに違いない。

運良く、そう決めた二、三日後に、大雪になった。

九つ半（午前一時）、袖垣はしまい湯をもらいに湯殿に行き、風呂番もすでに引き上げたのを見定めてきた。

雪太夫は部屋にいてその連絡を待っていた。身請けを目前に控え、もう接客は免除されている。袖垣と入れ替えに、雪太夫は手拭いだけを持って一人でフラリと部屋を出た。

手拭いは、いざ誰かに見咎められた時の口実のためである。

そして再び部屋に戻ることはなかった。

雪太夫の不在は、すぐには誰にも知られなかった。

身の回りの世話をする禿《かむろ》（遊廓に住み込む童女）は、太夫がいれた茶を呑んで眠りこけていたのだ。それは竜胆瀉肝湯《りゅうたんしゃかんとう》という、太夫が常飲している眠り薬だった。

九つ半を過ぎると、火の用心と遊女らの見張りのため、不寝番《ふしんばん》の男衆が楼内を見回っていく。

客と同衾中であれば声をかけずに廊下を通り過ぎるが、九つの閉店時に最後の男を送り出した女たちは、化粧を落としたり夜食をとったりしてまだ起きていることが多い。

「おやすみ」と声をかけ、「はい」と返事があれば、そのまま行き過ぎる。返事がなければそっと襖を開けて、寝姿を確かめることになっている。

その夜、雪太夫の部屋からは、「はい」と声を返してきたという。

翌朝、雪太夫の不在が発覚すると、大変な騒ぎになった。手稲屋はすでに異人と契約をかわし、支度金まで貰っているのである。

ただちに追っ手が組織され、一隊は廓内を探し、一隊は逃走経路と思われる山狩りを始めた。指令はさらに市中にも及び、報償金目当てのごろつきや駕籠屋までが動員された。

捜索が始まってすぐ、手稲屋の崖の上の雪に、大きく崩落している箇所が見つかった。ここから飛び降りたと特定された。

妓楼を出た時刻は初め、見廻り後の八つ頃とされたが、その頃には雪は小降りになっており、足跡が残ってしかるべきだった。

だが足跡は雪に埋もれて消えていたから、もっと早かったのではないかと指摘する者がいた。

そこで例の返事が、急に浮上してきた。

その時刻にはもう、部屋を出ていたのではないか。ではあれをどう考えたらいいのか。別の誰かが部屋に詰め、代返をしたのではないか。何のために？　追っ手の追跡を遅らせるためにだ。

遊女たちが一人ずつ呼ばれて詮議された。

だが皆、首を振って否定した。

見廻りの時に、部屋にいながら返事を返さなかったのは、袖垣だけだったという。

それはいつものことで、見廻りの時は、仕掛けのまま炬燵に突っ伏してうたた寝していることがある。不寝番によれば、あの時もそんな姿が確かめられたという。

袖垣は、ゴワッと重い仕掛けだけ炬燵に座らせ、自分がいるように細工したのでは、と何度か追及されたが、何度問いつめても袖垣は知らぬ存ぜぬと言い張った。

また、別の楼からもう一人、蓑吉なる使用人が居なくなっていることが判明したため、この二人が共謀して駆け落ちしたのではないか、と改めてその関係が取り沙汰された。

あるいは袖垣の手引きがなくても、男がいれば逃亡も可能だったのでは、という意見が出され、厳しい詮議の矛先も鈍りかけた。

そんな折も折、雪太夫付きの禿が、手稲屋のピリピリした空気に怯えて、ポロリと喋ってしまったことがある。

あの夜、この禿は眠りの煎じ薬を呑まされ炬燵でうたた寝していた。だが少量だったから、見廻りの声に目覚めたという。

「はい」と横で答える声がしたので、眠気と戦いながら見てみると、そこにいたのは雪太夫ではなくお袖姐さんだったという。そんなはずはない、これは夢だと思い、そのまま再び寝入ってしまったと。

この報告を聞いた手稲屋の主人は、激怒した。

異人から全額返還と慰謝料まで要求された上に、山ノ上一と言われた花魁に逃亡されたのである。やけ酒を呑んで荒れていたところだった。

夜中にも関わらず、主人は袖垣を腰巻きひとつに剝いて、あの崖の上に引きずり出した。

「この穀潰しの腐れ女郎が！」

と叫びたて、自ら殴る蹴るの暴行を加えた。

「お雪を逃したのはテメエしかいねえべな。いい加減白状せえ、死にたくなけりゃ、テメエの口から言ってみれ」

遣り手に心張《しんば》り棒を持たせ、女の背中を打擲《ちょうちゃく》させた。だがなお袖垣は、知らぬ存ぜぬと言い張った。囲んでいた二人の若い衆が、口に雪を押し込み、髪を摑んで引きずり廻した。

「まだシラを切る気だか、強情な女郎めが。お雪をここから逃がしたのを、もう忘れただか。忘れたこたァ思い出さねばなるめえ。しばらく時間をくれてやるで、とっくり思い出せや」

主人は男衆や遣り手に目配せし、裸同然で倒れた袖垣をそのまま雪の上に放置し、皆を連れて家の中に入ってしまった。

ここまでが主人が皆に話した内容だという。

だが袖垣は、崖下の、すでに雪がすっかり片づけられて、むき出しになった凍土に倒れており、翌朝番人に発見された時は、こと切れていたのである。

「あたしはお袖さんが崖まで這って、自分で飛び降りたと思ってます」

お千賀は言った。

「だって最後のお顔は穏やかで、笑っているようだったといいますもの」

「うーん、そうだろうか」

幸四郎は首を振り、捻った。かれの脳裏には、次のような場面が浮かんで消えない。

妓楼の亭主は後を三人に任せ、さっさと家に入ってしまった。

「おお、さぶ、早くすましておくれな」

遣り手の催促に、二人の若い衆が袖垣を抱え上げる。

「南無三、それ、一、二、三……」

男たちは下に狙いを定め、無造作に放り投げた。下には雪が積もっておらず、むき出しの凍土に落下しドサリという音と、叫び声が聞こえた。

提灯でもう一度下を照らし、動く気配がないのを見て、三人はそのまま引きあげた
……すなわち殺されたのだ。

五

「それにしても袖垣は」

幸四郎は呟くように言った。

「なぜそんな危険を犯してまで、雪太夫を助けたのだろう」

「ただ死ぬよりは、人助けして死んだ方がマシじゃありませんかえ」

反射的に言って、お千賀は声をとぎれさせる。

「いえ、あたしの考えでは、あれは自死ですからね。初めは折檻だけど」

「そうかな」

しばし沈黙になった。すると何を思ったか、お千賀はつと立ち上がって、奥座敷との境の襖を静かに開け放った。

その奥は、蔵座敷になっているらしく、ひんやりと冷たい空気が流れてきた。風に大きく揺れる行灯の火を差し入れると、室内が急に明るくなる。

幸四郎はアッと息を呑んだ。

そこには花魁が纏《まと》う、仕掛けと呼ばれる豪華絢爛な打掛けが、衣桁に掛けられて、ずらりと並んでいたのだ。香が焚きしめられていて、甘い芳香が漂ってくる。

仕掛けは金糸銀糸の刺繡《ししゅう》のあるものが多く、それが行灯の灯りで、まばゆくゆらめき輝いている。華やかな中にも、どこか毒々しい眺めだった。

この高額の衣裳が遊女たちに誇りを与え、また大蛇のごとくに纏いつき、締め付けてもいたのだ。遊女たちはこれを借金して買い、それを身に纏って稼ぎ、返していくのである。

返しきれずに死んでしまえば、それはまたここに戻されるのだろう。その汗と涙が、衣裳に染み込んでいるようで、じっと見ていると息苦しくなってきた。

「ここだけは燃えない造りになってございましてね。あたしらは焼け死んでも、これらは残る寸法ですのよ。ほほほ」

幸四郎はしばし眺めていたが、

「これだけのものが、山ノ上で売れるのか」

「いえいえ、とんでもない。ほとんどは商船が国境に運んで行くんですよ。ここだけの話ですが」

異国ではよく売れますの……と、お千賀はその言葉を、声を低めてつけ加えた。今でこそ公に売買されているが、以前は抜け荷だったのだ。

「でもお女郎たちの魂が乗り移ってますからね、徒《あだ》や疎かにはいたしませんよ。どれも洗い張りして、香りを薫きしめて、大切に扱わして頂いてます。ええ、山ノ上のものもございますが、やっぱり江戸や、上方から多く集まってきますね。こうして見てると、どんな花魁がそれを着てお稼ぎだったか、顔が浮かんでくるようですよ」

これが異国に運ばれて行くのか、と幸四郎は思わず目で一つ一つ追った。あの黒地に扇模様の縫い取りのある豪華な打掛けは、ここにはないのか。

「お袖さんの着物はまだ、洗いから戻ってきておりません」

幸四郎の心中を覗いたように、お千賀は言った。

そして立ち上がって行灯を部屋から出し、襖を閉めて絢爛な眺めを闇に封じ込めた。

火鉢のそばに戻ってくると、火をかき熾しながら言った。

「お袖さん、もともと自分が逃げるつもりで、雪の夜のあの崖を観察してたんじゃありませんか。噂をいろいろ聞きましたけど、労咳に罹っていたそうです。逃げても、逃げなくても死ぬなら、逃げて極楽行きの札を摑もうと」

「労咳か」

幸四郎は、綿入れを着て咳込んでいた姿を思い浮かべた。

「その極楽行きの札を、なぜ雪太夫に譲ってしまったのか」

「そりゃ、お雪さんのためを思ったからでしょう。いい花魁でしたから。でももう一つ、考えられます。何かの理由で気が変わり、もう少しここで生きてみようと思ったかもしれない……」

「そんなことがあるかな」

「そりゃありますとも。いえ、今の今まであたしも半信半疑だったのですけど、今なら自信をもって言えますわ」

　お千賀は言い直し、肩をすくめた。

「つまり、いい殿御に出会ったんじゃありませんか。もしあたしなら、もう少しここで生きてみようって、気が変わっちまいます」

「…………」

「お袖さんは確かに不幸なお人でした。あそこにずっといても、労咳で長くはなかったでしょう。廓で座して死ぬのはみじめです。何人もそんな子を見てきたけど、それはひどいものですよ。それより外に出て、自由になって死のうと……。でも最後にそんなお方に出会って、極楽行きをお雪さんに譲った……。今はそう思うんですよ。ええ、お袖さんは幸せだったんじゃないかしら。あたし、今はそう信じてますけど、支倉様はどう思われますか」

「…………」

　幸四郎は落ち着かない気分で、お千賀の意味ありげな笑顔を黙って見返した。

　お袖が最後に出会った殿御とは、一体誰のことを言っているのだ。

　このお千賀は、カンのいい女だったから、自分と袖垣の一種の〝腐れ縁〟に、とうに気づいているようだ。

だがお袖と自分はただの客と遊女であり、それ以上ではなかった、と幸四郎は思っている。そう言いたかったが、お千賀は自信ありげな強い目で見返して、何も言わせなかった。

月がどこまでも追ってくる。

そんな気がするほど、今夜の月は冴え冴えしていて、隠れる雲もなく空は晴れ渡っていた。

どこまで行っても月は頭上にあった。

凍てついた夜道を歩きながら、幸四郎はひどく妙な気分だった。

袖垣が〝いい殿御〟と出会ったなどとは、ただのお千賀の想像に過ぎなかった。ましてやその殿御が、この自分であるごとくに仄めかすのは、いささか妄想が過ぎるというものだ。

袖垣は、お目当ての雪太夫に逢えず、誰でもいいからと投げやりな気分で抱いた女である。そんな出会いで、女は男に惚れたりするものだろうか。

二度めに会った時も、やむを得ず袖垣を呼んだのだし、向こうも格別嬉しそうでもなく淡々としていた。

江差追分を唄った時だけは珍しく生気が甦り、色気も感じられたが、それ以上の何かがあったとは信じ難い。自分の胸の中で泣いた理由も、父親を思い出してのことだろう。

微妙で複雑な女心など、幸四郎にはとても測り得なかった。

ただ、あの漁師唄をもう一度聞きたいと思った。そして痩せて骨張った体を、ただ抱きしめてやりたかった。

見上げれば見上げるほど、今夜は凄い月だ。

江戸でも折にふれては月を愛でてきたつもりだが、蝦夷地の夜空にかかる月は、青みがかって冷え冷えと凍りついている。こんな月はこれまで、見たことがない。

あと数日で元治元年も終わりだった。

第四話　領事の置きみやげ

一

翌元治二年（一八六五）四月、元号が慶応と変わった。

奉行所の各溜まり場には、〝慶応〟の字が麗々しく大書されて貼り出された。

見入る役人達は、誰もが不安げな面持ちだった。またかと思い、この元号はいつまで続くのか、と案じるのである。


「旦那様、外にお客様がお見えでございます」

廊下からウメの声がしたのは、どこからか花の香りが漂う、だがまだどこか肌寒い五月末の夜更けだった。

箱館の花の季節は、内地より一月《ひとつき》遅れでやって来る。桜も梅も鈴蘭もいっせいに花開き、野山では弾けたように木々が芽吹く。長く冬枯れていた庭は、夜も昼もいい匂いのする楽園だった。

「ウメ、まだいたのか」

夜着のまま文机に向かっていた幸四郎は、顔を上げて言った。

働き者のウメは雑用をすべて終えるまで帰らず、だんだん帰宅時間が遅くなっている。いくら磯六や与一に任せろと言っても、きかなかった。

「いえ、ただ今帰ろうとしていたところへ、お客様が見えましたのです。志賀というお方で……」

「なに、志賀が？」

幸四郎は少し気色《けしき》ばんだ。

こんな夜更けにあの志賀浦太郎が、日頃から毛嫌いする支倉家の戸を叩くほどの、何用があるというのか。

〝あのこと〟か、と思い当たらぬでもないが、幸四郎には無関係だった。

この四月、幕府は日本初の伝習生《でんしゆうせい》（留学生）を、ロシアに派遣することを決めたのである。

提案したのはロシア領事ゴシケヴィッチで、箱館奉行がそれに賛同して計画を推し進め、めでたく実現させた。その人選については、もっぱら江戸で行った。主に、開成所で外国語を学んだ旗本や御家人の子弟から志願者を募り、実力より情実が優先されるという噂である。

選ばれたのは七名で、五月半ばに幕府の辞令が正式に下された。

七名の中には、箱館奉行所の若い官吏が二人入っており、その一人が志賀浦太郎だったから、あれこれ騒がしかった。

志賀はもともと、ゴシケヴィッチが箱館に赴任した七年前、通事として共に江戸からやって来た。正式な通事ではないが、かなり話せるので重宝《ちょうほう》がられていた。組下同心として奉行所勤めになってからも、通事見習いとして領事館に出入りしており、領事の強力な推薦があったのは間違いない。

来たる六月には五人の伝習生が江戸から船で到着する。

七月には七人揃って箱館港から出帆し、ロシアの帝都ペテルスブルグで、五年間学ぶことになる。

志賀はさぞや得意の絶頂にいるだろう。それを見せつけられるのであれば、いささか億劫《おっくう》な気がした。

「かれこれ四つ（十時）になりますし、旦那様はもうお寝みになったのでお急ぎでなければ明日にでも、と申し上げたのですが、是非にと申されて……」

ウメはすまなさそうに言った。

「いや、構わない、座敷に通せ」

夜の客をウメが一度は断ったことが、可笑《おか》しかった。少し前までは、訪問者の応対はすべて磯六任せだったが、一年たてば馴れるものだった。

「もう遅いから、お前は与一に送ってもらえ」

「いえ、旦那様、倅が迎えに来てますで、どうかお構いなく」

幸四郎は綿単衣《ひとえ》の夜着の上に羽織を羽織って、座敷の襖を開いた。

そこにはすでにウメが行灯と手炙りを用意してあり、そばにあの洒落者の志賀が、俯いて端座していた。

「こんな遅くに何用か」

言いながら、どっかと向かいに座った。

「このような時刻に、まっこと失礼つかまつります」

志賀はいつになく丁寧な物腰で頭を下げた。

「いや、おれは宵っぱりだから、遅いのは一向に構わんが」

「志賀浦太郎、一身上に不都合が出来《しゅったい》したにつき、支倉様のお力ば借りようと、まかり越しました」

「おいおい、何だよ、急に改まって……」

幸四郎は眉をひそめた。

すると志賀は、ガバと畳に手をついてさらに深く頭を下げたのだ。

「何だ、一体どうしたのだ」

その芝居がかった調子が、不快だった。日頃からロシア語の才を鼻にかけ、何かにつけ新しぶっている軽薄才子である。

だが、上げた顔を見て息を呑んだ。

髪は乱れ、顔は真っ青で、目から頰にかけて殴られたような青痣があり、目が赤く充血している。

「志賀、その顔はどうした、色男も台無しではないか。もうすぐ六月だ、喧嘩などしてる場合でもなかろうに」

「お見苦しい限りで、申し訳ございません。おいはもう駄目ばい」

いきなりお国言葉を丸出しにし、その目から涙が溢れ出た。

幸四郎は慌てた。芝居がかっていたのではなく、切羽詰まって激情を押さえるのに精一杯だったのだ。

「おいはたぶんロシアには行かれんとです。もう、腹切って死んだほうがよか」

「ち、ちょっと待て。ここで腹など切るな」

思わず言って、お前に腹など斬れるのか、の冗談を呑み込んだ。

「どうしたというのだ、まずはわけを話せ」

「もとより話すために参ったとです。迷惑とは存じますが、どがんか聞いてくだされ」

「分かった。微力ながら、力を貸すのはやぶさかではない。ただ、一つだけ確認しておきたい。承知の通りおれは非力な新米だが、この支倉でいいのか」

日頃からの志賀の態度を知っているから、今、何ゆえ急に頼られるのか分からなかった。

「ご配慮有り難く……しかし支倉様しかおらんとです。自分はよく承知しておるつもりです。あのプロイセン人の時など、胸がスッキリしましたよ。あそこまでやれるお方と承知で、恥も外聞もなく洗いざらい話すつもりで参ったとです、ただ他言無用に願います」

「承知した」

幸四郎は立ち上がって、ピタピタと障子を閉め切った。

「さあ、聞かせてもらおうか。遠慮なく話せ」

「…………」

志賀は何か言おうとしたが、こみ上げるものがあるらしく言い澱んだ。しばし俯いて呼吸を整えていたが、やおら顔を上げこんな話を始めたのである。

二

志賀には、熱愛する女がいた。

名をお京《きょう》といい、ロシア病院で看護に従事しながらロシア語を学んでいる、今どき珍しい女だった。

髪も目も黒かったが、先祖にロシア人の血が少し混じっているとかで、肌が白く彫りの深い大変な美女だった。

志賀は去年の夏に知り合ってから、このお京にぞっこん惚れ込んでしまった。

今までもさんざん遊んできたが、相手はすべて遊女で、素人の女に恋したのは初めてだった。それも勉学好きの、働く女なので、面白くて仕方がない。

まずはロシア語を教える口実で近づき、すぐにいい仲になった。だがお京は寮に住まい、かれは人目の厳しい役宅住まいだったから、何かと不自由だった。

そこで去年の暮、密会のための部屋を格安で借りたのである。

見晴らしのいい山麓にある、商人屋敷の離れだった。

船が箱館に入港し、主人が滞在する期間しか使われないので、屋敷を使ってくれるなら家賃はタダでいいという。ただ母屋にいる留守居に掃除や見廻りを頼むので、その男に管理費用を払ってくれればいいと。

志賀は喜んで借りた。

借金して、家具や夜具まで運び込んだ。いずれはお京を嫁に迎えるつもりであれば、夫婦気取りも無駄にはならないはずだった。

ところが思いがけず、この四月に伝習生の話が持ち上がった。志賀はロシア領事ゴシケヴィッチに応募を勧められ、早々と名乗りを挙げた。もとより野心家だったから、いつまでも見習いでいるつもりはない。五年の語学研修を終えた暁には、正式の通事として国際舞台での活躍が約束されるだろう。

念願かなって伝習生に選ばれ、志賀は飛び上がって喜んだ。しかしお京は、五年間も離ればなれになるのを嘆き悲しんだ。志賀としてもつらかったが、好機を逃すわけにはゆかぬ。

五年後を誓い、しっかり心を繋ぎ留めたい一心でさらに借金し、分不相応に高価な着物や簪《かんざし》などを買い与えた。

禁じられている外泊を、しばしば繰り返した。いつか朝帰りを警邏《けいら》中の番兵に見つかった時など、大枚を渡して握り潰してもらった。

この日も奉行所が休みなので、昨夜からお京と過ごしていた。

ところが朝方になって、とんでもないことが起こった。

房事に疲れ、ぐっすり寝込んでいた志賀は、突然何者かに枕を蹴飛ばされて目覚めたのである。

「やいやい、起きやがれ、この薄汚いすけこまし野郎が！」

何が何やら分からぬまま驚いて飛び起き、賊の侵入を悟った。

灯りをかざし自分を取り囲む男どもは、五、六人もいた。玄関の戸を蹴破って入って来たらしく、皆土足だった。

慌てて刀を探したが、志賀はもともと武士ではないため刀を手元におく習慣がなく、ここは商人屋敷の一画でもあったから、二重三重に用心を怠っていた。

志賀は肥前の大庄屋の長男で、士分を親が金で買ってくれ、入港したロシア船の将校からロシア語を学んだ。ゆくゆく一人前の通事になるつもりだったから、腰に大小をさし、役所で稽古させられても、さして熱意はなかった。一応の心得はあったが、今の時代に剣術など時代遅れと軽蔑していたのだ。

「何者だ、志賀浦太郎と知っての狼藉か！」

精一杯の虚勢を張って叫んでみた。

「ウラだか表だか知らんが、他人の情婦《おんな》に手ェ出しやがって、ふてえ野郎だ。生きてここを出られると思ってか！」

「何の話だ、借金か？　金なら返すと言ってるだろうが」

何の話かさっぱりわけが分からない。

「お京さん、こんな所で何しておいでる。お頭《かしら》がお探しだぞ」

首領格と見られる大男が、だみ声で怒鳴っている。

こいつは何を言っているのか。

お京を探す志賀の目に、男の一人に手を取られて出て行く、お京の後ろ姿が映った。

それがお京を見る最後になろうとは、予想もしなかった。

自分は夜着もはだけて取り乱しているのに、お京はちゃんと身仕舞を整えている。

何故だ、何があった。

一つの疑いが稲妻のように脳裏を駆け抜けた。

初めからこれは仕組まれていたのか。

自分は騙されていた？　まさか！

昨夜あれだけ愛を誓ったお京の言葉に、嘘があろうとは。

だがあれこれ思ううち、ことの次第がだんだんに察しられてくる。賊は、匕首《あいくち》を振り回してなおも言い募った。

「やいやい、うぬは何のつもりじゃ！　あのお京さんを誰と心得るか。わしらはお頭から、見張りを頼まれておるんじゃ。その見張りを出しぬいてシャアシャアと寝取りやがって。うぬを生かしておいては、わしの首が飛ぶ」

「そうだそうだ、ここでぶった斬って庭に埋めちまえば、何も分かりゃしねえ」

回りの男どもが、口々に言った。

「それ、首を出せ、首を」

志賀は反射的に這って逃げようとしたが、腰が抜けていた。その尻をしたたかに蹴り上げられ、頭と顔を殴られた。

「ま、待て、待ってくれ、知らなかった」

半ば気を失いそうになりながら、志賀は掠れ声で弁解した。

「そうと知っていたら、こんなことするもんか。頼む、金なら幾らでも出すから、殺さないでくれ」

志賀は借りてきた金が、まだ五両あるのを思い出した。

この荒くれどもは、しょせん金が目当てだろう。金をちらつかせて交渉すれば、助かるかもしれないと踏んだ。

「五両なら今すぐ払える、後で親からもっと送らせる」

「金はどこだ」

志賀は床の間にある風呂敷を指さした。男の一人が飛びついて、すぐに中身を確かめた。

「よし、この五両は頂きだ。だがそれだけじゃ駄目だ。指を出せや。万一、お頭に知れた時の用意だ、小指を一本もらっておくべえ。やれ」

震えが走った。

男の一人が志賀を押さえつけ、一人がグイと手を引っ張った。

志賀の記憶はそこで途切れた。

気づいた時、そばにでっぷりした男が座っていた。

慌てて起き上がると、志賀は先ほどと同じ、自分の寝乱れた布団にいた。一瞬、手先の感覚を確かめ、指が失われていないのを知ってほっとした。

あれは夢だったか……。

「や、気づかれたか」

男が太い声で言った。五十がらみの見知らぬ顔だった。

「あ、あんたが、この家の主で？」

志賀は記憶を辿りながら言った。

「いや、わしはこの屋敷の留守居で、又五郎《またごろう》と申します」

「留守居？」

今まで留守居を名乗っていたのは、小柄な老人ではなかったか。毎月の管理費用を、その老人に手渡していたのだ。

志賀がそう言うと、相手は苦笑した。

「そんなことだろうと。いや、先ほどはうちの若い者が失礼しました。騒がしいので来てみると、物騒なことになっていて」

「一体どうなってるんだか。お京という女は何者だ？」

「ああ、お京さんですか、この屋敷に時々来る女性ですよ」

「この屋敷の主人とは、一体誰なのです？」

「あ、ご存じなかったですか、能登屋重兵衛《のとやじゅうべえ》です」

「能登屋……」

胸が潰れそうに驚いた。

能登屋重兵衛といえば、加賀藩の御用商人で、北前船で稼ぎまくっている豪商である。ゴシケヴィッチとも親しく、志賀は通事をおおせつかって一、二度、領事館で顔を合わせた覚えがあるのだ。

あの有名な加賀商人がこの屋敷の主だと？

「お京はお頭の情人だと連中に言われたが、お頭とは能登屋のことなのか？」

「いえ、まさか」

「お京さんはロシア病院で働き、寮に入っているはずだが」

「ロシア病院で働いてなどいませんよ。奉仕活動か何かで、たまに病院に泊まることがあるようだが」

「…………」

志賀は何が何やら分からぬまま、愕然としていた。

この離れを借りるに至ったいきさつは、どうだったか。

思い出せばすべてお京が関わっている。部屋を借りようと言い出したのは志賀だが、知り合いにいい差配人（不動産屋）がいる、と勧めたのがお京だった。その差配人が、ここの留守居という老人を紹介してくれたのだが。すべて仲間だったのか。

志賀は、お京にまんまと騙されたことを説明して言った。

「何故そんなことまでして騙したのか、さっぱり分からん。ただの下っ端役人だと承知だろうに、一体何が目的だったのか」

「いえ、志賀様というロシア語に秀でた有能な御役人に、ロシア語を習っている、と手前は承っておりましたよ」

「まあ、いずれにしても、こんなことになって申し訳ない。謝れというなら謝る、詫び料が必要であれば、国から送らせる」

志賀は帰り仕度をしながら言った。

「今は傷が痛むんで、帰らせてもらう。詳しいことは後にしてほしい、承知の通り奉行所の役人だから、逃げも隠れも出来ぬ」

三

「お待ちください、志賀様」

立ち上がろうとする志賀を、相手は恐ろしく強い力で押し止めた。

「うちの庭番が小金ほしさに、無断で離れを使わせたのはすまんことです。ですが町人を取り締まるべき立ち場の御役人が、商人屋敷をタダ借りしては、まずいんじゃありませんか」

又五郎は笑顔で、丁寧な口調で言った。志賀は、胸の底を濡れ布巾《ふきん》で撫でられたような心地だった。

頭の中に火花が弾けた。ようやくすべてが分かった。

「あんたもグルだな」

「いえいえ、預り知らぬことですよ。だがどうも黙って見過ごすには、悪質過ぎる。御役人ともあろう御方が、北前商人の屋敷に女を囲っていたとは、世間は通りませんよ。不埒千万《ふらちせんばん》……と小出奉行はお怒りになるでしょう」

志賀は、罠を踏み抜いたのだ。

その時、外で呼ぶ男の低いだみ声がした。

「お頭……」

又五郎が黙っていると、足音は遠ざかっていく。

〝お頭〟とはこの又五郎のことなのだ。お京はこの男の情婦だったのか、とやっと悟った。お京は志賀が来ない時は、この屋敷に又五郎と共にいた。思えばごく分かり易い話である。

「一体この志賀にどうしろと」

観念して志賀は投げ出すように言った。

「いえいえ、七月にはロシアに行ってしまわれるお方だ。難しいことなど申しませんよ。その前に一つ二つ、お力を貸して頂けたらそれでいいのですから」

「協力せよと？ おれに密偵になれとでも言うのか」

「ははは。そんな大仰《おおぎょう》なことハナから考えておらんです」

「目的は何だ。密偵なら断る。第一、おれは下っ端で文蔵《ふみぐら》にさえも入れないし、重要な情報も耳に届かない。残念ながらあんたらのお役には立てない」

「いえ、今までも十分にお役に立って頂いている」

にこにこして相手は言った。

「いろいろ聞かして頂きました。お奉行が見かけによらずお体が弱く、朝晩三種類の漢方薬を呑んでおられるとか……。美人の奥方は今まで一男四女もうけられたが、ご嫡男は先般、箱館で夭折なされたとか……。お奉行は存外に酒色がお好きだが、慎重なお方で、お一人では決してお出かけならぬとか」

あっと思った。すべてお京に喋ったことではないか。

この男らはお京を通じて、小出奉行に関する情報を、詳細に聞き出していたのだ。

又五郎は続けた。

「あと一つだけお願いしたいのですよ。いえ、ごく簡単なことです。それさえ果たしてくれれば、もう何の後腐れもございません」

「断ったら？」

「いえ、ロシアに行くつもりであれば、それは出来ません。それが留学の条件だとお心得願いたい」

にこにこしているが、その細い目は全く笑っていない。

志賀はいよいよ青ざめた。まんまと引っ掛かった、と今にして悟ったのだ。足元にこんな罠があるとは、知らなかった。

「あんたら、ロシアの手先か！」

「とんでもない。私らはロシアとの真の友好を考え、同時に徳川の御ためになるよう、万事計らっているつもりです。ロシアと関わりをもった志賀様と私らは、呉越同舟《ごえつどうしゅう》とでも申しますかね。幕府を裏切らずに、お互い協力し合おうってわけですよ」

「何が呉越同舟だ、やつらと同じ舟に乗った覚えなどさらさらないばい」

志賀が吐き出すように言って黙り込んだ。

夜は静かに更けていて、肌寒さが募っていた。

幸四郎は驚きを隠すように、炭火をかき熾しながら言った。

「で、能登屋に裏工作を頼まれたというわけか。回りくどい話だが、一体何をせよと言うのだ？」

「お京ば、ある人物に近づけよと」

「なるほど、志賀の代わりがほしいってことだな。ロシアに行ってしまう前に、後継者を作っておけというわけだ」

「ま、そういうことです。お京ばそん人物に橋渡しさえすれば、この志賀浦太郎、お役目ごめんになると」

「ふーん、まさかその人物とはお奉行ではあるまいな」

「あ、いや、まさか」

志賀は狼狽した目で、幸四郎を見た。

「おれか？」

幸四郎は脳天に一撃くらった顔で、叫ぶように言った。自分が標的になっているなどと、志賀の告白からは思いつかなかった。おれも鈍い男だな、と思った。

「何だ、おれか、そういうことか」

だから志賀は、自分を訪ねて来たのだ。

「しかしどうしておれが？」

「いや、理由は聞いとらんですが、調役であれば機密に触れる機会も多いし、文蔵にも出入りできますから」

「馬鹿も休み休み言え。お安く見られたものだな」

奇妙な滑稽感に襲われて思わず苦笑し、不意に思い出したことがある。江戸を発つ時に先輩に言われた言葉だ。

「箱館には各国の密偵が入り込んでおる、気がつけば、自分が密偵にされていたりするから用心しろ」

というものだ。そういえば、小出大和守は奉行になったとたん行いを慎み世間に弱みを作らなくなった、と聞いたことがある。

(自分には隙があるのだ)

なるほど、と幸四郎は内心ゾッとしつつ納得した。自分は隙だらけで気楽な独り身だ。お京のような美女に接近されれば、ひとたまりもないだろう。

「いや、よく打ち明けてくれた。危ない所だった。しかしそのお京とやらは、根っからお前を騙していたわけか」

「さあ」

志賀は初めて遠くを見る目になった。

「そこらがよく分からんとです。初めは利用していたにせよ、だんだん本気になったと信じたいですが」

お京がいつか、ポロリと告白したことがあるのだった。

自分には前から付き合っている男がいるが、今はその男を捨て、志賀と逃げたいと。

伝習生に決まった時は、泣いて止めた。別れを予感しての涙かとその時は悪い気はしなかったが、今思えば、この美人局《つつもたせ》を予想しての涙だったのだ。

「お前に惚れていたとすれば哀れだな」

「いや、それはないですよ。すべて自分の不徳の致すところで」

志賀は深く頭を下げた。

「この上、支倉様まで引きずり込んでは、自分は生きてはいけんから、恥を晒してもすべてお話ししたかったとです」

「よく話してくれた。知らなければ、間違いなく罠にかかるだろう。自戒のために、お前がお京と知り合った場所を聞いておこう」

「ロシア病院ですよ。いえ、治療ではなく公務で行ったのですが」

最初に応対し、上に取り次いでくれたのがお京だったという。その女があまりに別嬪なのでひと目惚れし、帰りには再会の約束を取り付けたのだという。

「なるほど、そこが色男のゆえんか」

幸四郎は頷いて皮肉混じりに言った。

「いや、冗談だ。で、又五郎とやらには何と返事を？」

「一応引き受けて、いい方法を考えてみると」

「ふむ、今はそうとしか言い様がなかろう」

幸四郎は思い巡らした。

「背後にロシア領事がいるのだろうな」

「たぶん。ご存じの通り、ロシア領事は交代します。ゴシケヴィッチはもうすぐ本国に帰ります。その後を固めておきたかったのでは」

「なるほど、領事の置きみやげか」

しばし腕を組んで沈黙した。領事の帰国は来月早々である。


ちなみにこの時代のロシアとの関係は――。

安政元年（一八五四）、箱館に奉行所が開かれたのは、開港に伴う諸外国との外交と、北辺警備の強化のためである。

それまで、ロシアの進出が、頻発していた。

だが翌安政二年、ロシアのプチャーチンと幕府全権川路聖謨《かわじとしあきら》との間で結ばれた〝日露和親条約〟によって、ロシアと日本は友好国となったはずだった。互いの領土が確定されたのだ。すなわち千島列島エトロフ以南を日本領とし、ウルップ以北はロシア領とすると。

しかしながらこの時、樺太の国境だけは合意に至らなかった。

樺太は日露共有という、不文律めいた認識のままにされたため、紛争のタネは、後のちまで持ち越されることになる。

四

「まあ、呑め」

幸四郎は台所から日本酒の徳利と盃を持って来て、冷やのまま志賀に勧めた。すっかり喋り終えた志賀は、安堵したのか、幾らか落ち着きを取り戻していた。

「しかし、ロシアが能登屋の背後にいるとしたら、難儀だな」

腕を組んで幸四郎は唸った。

「その可能性は大いにあります。見返りとして、能登屋の通商の便宜を計っているかもしれません」

「これを断れば、能登屋は何らかの手を打ってくるに違いない。奉行所に訴え出られたら、ロシア行きは取り消しになろう」

「もとより覚悟の上です」

「それだけでは済むまい。もし密偵行為を疑われれば、奉行所をクビになるのは必《ひつ》定《じょう》……内容次第では処刑もあり得る」

幸四郎は炭火を見つめて考え込みつつ、おもむろに言った。

「もうひとつ訊ねたい」

「は、何でもどうぞ」

「この支倉について、そなたが、お京に話したのか」

「いえ、それは全くありません、喋ったのはお奉行のことだけで」

「確かだな」

「はい、誓って」

「であれば、奉行所にもう一人、密偵がいる」

「ええっ？」

「知っての通りこの一年、おれはお奉行にしごかれっ放しで、奉行所に居場所がなかった。独り身の気楽さで、山ノ上をうろついたこともある。こんな男こそ、お誂《あつら》え向きだろう。そこに目をつけたのは炯眼《けいがん》だが、何故そこまでおれの事情を知っていたのか」

「…………」

「おれは役宅住まいだし、箱館に親しい友人もおらぬ。であるからして情報は外に出ないはずだ。内部に内通者がいなければ、支倉の名が出たことに納得がいかん」

「それは道理……何も考えなかった自分は迂闊《うかつ》でした」

志賀は頷き、首を傾げた。

「奉行所内で、ロシア領事館に関わりある者といえば……」

はっと二人の視線が合い、空気が揺らいだようだ。二人はほとんど同時に、一人の人物を思い浮かべたのである。

昨年秋に亡くなった林田益次郎《はやしだますじろう》は、幸四郎と同じ支配調役だった。

すでに四十近い古参で、ロシアとの通商問題に詳しく、ロシア領事館にも顔が利いていた。

だが寡黙でやや偏屈な男であり、幸四郎が赴任して間もなく不慮の死を遂げたため、親しく話す機会もないままに終わったのだ。

酒と釣りにかけては、奉行所一だったろう。

この奉行所は、釣りが大いに好まれ、酒豪と太公望《たいこうぼう》が実に多かった。休憩時間などで顔を合わせると、

「昨日の勝敗は如何でござった」

などとわざと剣術の話のふりをして釣果を競ったり、互いに誘い合ったりしていたのである。

江戸でも、釣りは旗本に人気の道楽であり、竿から糸を垂らしてとっくりと瞑想す

ることから、武士の嗜《たしな》みともされていた。精神修養ばかりでなく、夜目を鍛えるため、夜釣りを奨励する剣術道場もあった。

ご他聞に洩れず、幸四郎もよく竿を担いで、深川に足を向けたものだ。

こちらに来て、懇親のためまず誘われたのが釣りで、箱館山の東の立待岬《たちまちみさき》や、その裏側の寒川《さむかわ》まで小舟で出かけている。

そこからは天気次第で、水平線上に内地の山々がくっきりと見え、思わず望郷の念に浸って、魚信《あたり》を逃したこともある。

だが林田は偏屈で人付き合いが悪く、いつも一人だった。

そして昨秋のある夜、岬に出かけたきり帰らなかったのだ。そこには林田の愛用する釣り竿と、道具類が残されていた。

奉行所は報せを聞いてすぐに捜索したが、死体を発見出来ず、謎の死とされた。だが十日ほどして少し離れた海岸に死体が漂着したため、〝釣り中の事故〟と断定されたのである。

その妻は簡素に弔いをすませ、子どもと共にすでに江戸に帰った。

「そういえば……」

しばらく考え込んでいた志賀は、音をたてて酒を呑み干し言った。

「私ばロシア病院に行かせたのは、あの林田さんでした」

「ほう」

「バッテン今まで疑ったこともなかったとです。信じられんです、見かけは偏屈でも、よか人と思っとりましたから。ただ、今になって思えば……」

気色《きしょく》悪そうに肩をすくめ、こんなことを話した。

噂では、林田の遺品には高価な竹竿が多く、仙台や荘内で作られた名工の竿がざくざくあったという。また酒呑みの食通で、高級とされる料亭にも出入りしていた。だが支払いはきれいで、子沢山で薄給のはずなのに、と評判だった。

「地味な見かけによらず、骨董の売買を手がけていたそうで。バッテン剣術の腕も立ったし、誰もあの事故を疑わなかったとです。仮に林田さんが密偵だったとしたら、用済みで消されたのかもしれませんね」

「ふーむ、それはどうとも言えんな。もっと調べないことには」

「手前が調べます」

「おれは能登屋について少し調べてみよう。返事の期限はいつだ」

「一日の休みに、屋敷に行くことになってます」

「何だ、あと四日しかないではないか。くれぐれも敵に気付かれぬよう、用心しろよ。

もしも奉行所に三人めがいたら、ここに来たのも見張られているかもしれん」

遠くで鳴りだした鐘は九つ（十二時）だった。鳴り終わる頃、軒を打つひそやかな雨の音がした。

「雨か」

幸四郎は耳をすまして言った。

「連絡は毎日取り合おう。さて今夜はもう遅い。ひとまず帰ってよく眠り、頭を冷やせ」

だが志賀が帰っても、幸四郎はぽつねんとそこに座り続けた。

この自分をお京に引き合わせればコトはすんだものを、そうはしなかった志賀は、意外に気骨《きこつ》のある男だった。

そのことに驚く一方、一歩掛け違っていたら、自分は間違いなく罠に嵌《は》まっていただろう。志賀や林田よりもさらに悲惨だったかもしれぬ行く末を思って、背筋が寒くなった。

剣呑《けんのん》剣呑……。美しい装いをした箱館は、各国の通商の慾がからみ合い、水面下で恐ろしい暗闘が繰り広げられている魔都に違いなかった。

雨音はますます高く、夜の静寂《しじま》を埋めた。

夜半からの雨は、翌日も降り続いた。

午後遅くに雨が上がり、紫陽花《あじさい》色の空に虹がかかっていた。

「虹が出てますね。箱館の虹は美しいですなあ」

まだ居残っていた同輩の国井泰蔵《くにいたいぞう》に、幸四郎は話しかけた。

「どれどれ」

国井は開け放った窓から雨上がりの空を仰ぎ、言った。

「うーむ、これは綺麗だ。一杯やるか」

「行きますか」

阿吽《あうん》の呼吸だった。

林田の後釜で四十一歳、所内に三人いる調役の最年長である。赴任して間もなく〝そのうち飲《や》りましょう〟と言いあってすでに一年。ようやく実現したのだ。

国井が案内してくれたのは、『かめだ』にほど近い料理茶屋で、『染屋《そめや》』といった。

土間に面して小部屋が幾つか並び、呑みながら静かに話の出来る店だった。

四方山話で酒を酌み交わすうち、幸四郎はそれとなく加賀の御用商人能登屋に話を向け、どんな商人かさりげなく訊ねてみた。

するとと相手は盃を口に運ぶ手を止めて、

「おぬし、能登屋の何について調べてる？」

「あ、いや、何ということもないですが、昨年亡くなった林田益次郎殿が、能登屋の御掛かりだったから」

「ふむ、おぬし何を調べてるか知らんが、林田のことはやめておけ」

「何故ですか」

「何でもだ」

「………」

「ただ能登屋については、役人として知っておいた方がいい。やつは古くから抜け荷で有名な商人だからな」

「抜け荷？」

おいでなすったと思った。

抜け荷とは密貿易のことで、箱館が開港になり通商条約が結ばれるまで、北方海域で秘かに行われていたようだ。

「うむ、古い役人は皆知っておるさ」

酒をあおって国井は言った。

「北前船でエトロフ辺りに出張って行き、ロシアと商売していたらしい。有名なのはカラフトでの山丹《さんたん》交易だが、知っているな？」

「はい、山丹人と行った密貿易ですね」

山丹人とはカラフト周辺に住む小民族で、日本は朝鮮人参や唐薬を仕入れ、米、古着、呉服、陶器などを売りさばいた。

「奉行所が置かれるまでは、松前藩が管理していたのですね」

「そうだ。ところが松前藩は情報を摑んでも、上納金を秘かに取って見逃していたらしい。幕府もうすうす承知していたが、加賀藩が絡んでいるし、さしたる支障もないため放置していた。というより目前の蠅を追うのが精一杯というのが、本音だったがね」

「今はどうなのですか」

国井は盃を口に運んでおもむろに呑み干し、周囲に人の気配のないのを確かめて声をひそめた。

「公易は公けになったから、以前のような抜け荷はなくなった。だが、国禁として禁じられているものが一つある」

「安政の条約で輸入が禁じられたのは、阿片《あへん》ですね」

「よく知っておるの」

幸四郎は赴任前に、江戸詰の奉行所役人から、とっくり講義を受けたのである。

ちなみに安政五カ国条約とは——。

開国に続いて安政五年（一八五八）、幕府が英、米、仏、蘭、露の五カ国と結んだ通商条約のこと。不平等として悪名高い。

この時、天保年間に英清間に起こった阿片戦争の教訓が生かされ、〝医療用〟以外の阿片の輸入が厳禁となった。

外国人にも、日本での阿片の所持や密売を、厳しく禁じた。

「しかるにだ。これはあくまでも噂だが、唐薬を買う口実で山丹人から、大陸経由の阿片を買う商人がいるらしい」

「ほう、それが能登屋だと？」

「分からん。監視網に掛かっている大物商人は何人かおるようだが」

幸四郎は、胸の底が引き締まるように感じた。もしかしたら志賀は、恐ろしいものを踏んでしまったかもしれない。

「しかし誰に売ってるのです？」

「うん、一説では松前藩だと」

「まさか」

「いや、これはただの風評《うわさ》だ。清国に阿片を流行《はや》らせた英国を思えば、アイヌに与えて牙を抜こうという政策があっても、不思議はないと」

あり得ない話ではないと思い、幸四郎は唾を呑み込んだ。

「津軽藩が、一粒金丹《いちりゆうきんたん》なる強壮薬を売り出して儲けておるのは知ってるか」

「ああ、あの中身は阿片だそうですね」

「よく知ってるな。津軽藩は、領地内でケシを栽培しておる」

ぐっとかれは声を低めた。

「もう一つ、箱館にはすでに入っているそうだぞ。異国の船乗りが相手だが、箱館にはロシア病院や医学研究所があるから、医療用という言い逃れが出来るらしい」

「林田さんは、そういうことに関係していたのですか」

「知らん。知らんからもう訊くな。おれに分かるわけがないんだ」

国井は強く言って酒をあおり、それ以上は何も話さなかった。

五

雨上がりの翌日は、眩しいほど新緑が輝いた。

この日は、小出奉行に随行して大町運上所に出向く日である。

つつがなく公務を終えた後、幸四郎は旧奉行所に別用を命じられ、杉江らを伴って奉行の一行と別れた。

その用をすませた七つ(午後四時)。そこで杉江らを先に帰し、一人で厚木屋に向かった。

「……ちょっと話せるか」

幸四郎は暖簾から顔だけ差し入れて、店にいたお千賀に言った。

「あら、まあ」

驚いた顔もほんの束の間、笑顔で日和下駄を突っかけて出てきて、土間から庭に幸四郎を導いた。

あまり広くはない庭だが、藤棚があって、紫の藤の花を見事に垂らしている。その見事さに、幸四郎は立ち止まって嘆声を上げた、

「見事だな」

「ああ、それをお見せしたくてお連れしたのです。お役人様ですから、人目につかない所がよろしいでしょう」

「かたじけない。すぐ済むから」

「いやですよ、水臭い。恩人ですもの、どんな難題でもあたしは支倉様の言いなりですわ」

とまたいつもの色目を使って言う。

幸四郎は聞こえぬふりで、西日のあたる庭を見渡した。

隅に池があり、咲きかけた牡丹が枝を差しのべている。こんな北の町でも、塀の中に、これだけ風情のある庭を丹精していることに、驚かされる。

「いい庭だな。これはお千賀さんの趣味か、それともご亭主か」

「あたし以外の誰がやりますか。これでも和歌も詠《よ》みますよ。一首吟じましょうか」

「それはまたの機会にして、訊きたいのは能登屋のことだ」

笑って単刀直入に言うと、お千賀の顔が微かに強張《こわば》ったようだ。

「能登屋さんの何をお調べでしょう？」

「遊女の古着を積んで行き国境で売りさばくのは、能登屋だね」

「何をまた急に。今さら抜け荷でもないでしょう」

「いや、抜け荷の調べではない。言っておくが、私の調べで、この厚木屋に迷惑が及ぶことはない。そちらにも商売があるから、言えることだけ言えばいい」

「支倉様、そんな甘いことで、お取り調べが出来ますのか」

目に力をこめて、睨む真似をした。

「命令してくださっていいのですよ、ええ、確かにうちのお宝を買い漁《あさ》っていくのは、主に能登屋さんです。北前船に荷を積んでやって来て、松前と箱館で下ろすと、今度は古着や、ここらで穫れる海産物をどっさり積み込んで、国境に向かうのですよ」

「能登屋の他に取引は？」

「そりゃァ、取引は能登屋だけじゃありません。船はいつ沈んで、積み荷が駄目になるか分かりませんもの、うちもあちこち手を広げて、危険を分散させてますわ」

「なるほど、それで安心した」

幸四郎は頷いた。

「能登屋の船は、次はいつ着く？」

「あら、もうそろそろじゃございませんか。何でもロシアの領事様が、近々にお替わりになるのでしょ。それに間に合うよう入港なさり、ご挨拶なさるんだとか」

「なるほど。それは好都合だ」

「着いたらお知らせしましょうか」

「いや、こちらの情報の方が早い。それよりもう一つ訊きたいことがある」

幸四郎はお千賀の顔をじっと見て言った。

「能登屋は、魔法の薬を扱っていないか」

「…………」

愛想のいいお千賀は頬を引き攣《つ》らせ、怯えた目で見返した。その目つきで、お千賀が阿片のことを知っているのが分かった。

だが小さく首を振ったきり、何も口にしない。

「そうか。いや、分からなければそれでいい。もしかしたらと思っただけだ、邪魔したな」

幸四郎は、肩に散った藤の花殻をはたいて縁台から立ち上がった。

「支倉様」

座ったまま、お千賀がその腕を捉えて低く言った。

「たった今、思い出したことがございます。先だって妙な噂を聞きました。山ノ上で魔法の薬を吸う遊女が増えているって」

「見たわけではありません、ただの噂でございます。でも毎日何人もの殿御を相手にするつらいおつとめも、これを吸えば楽になると」

「何だって」

「いつからだ」

「もうこの二、三年前から、流行っているらしいです。お袖さんもそうだったと思いますよ。お仕置き前に吸ったんじゃありませんか。だから……楽しそうなお顔で死ねたのでしょう。天国に行く夢を見たまま飛び下りたのでは」

「………」

幸四郎は衝撃を受け、涙ぐんでいるお千賀を黙って見ていた。

初めから知っていながら、役人だと思って黙っていたのだろう。

「あたしに言えるのはそれだけです。それ以上は知らないとしか申せません」

「いや、よく話してくれた。それで充分だ、礼を言う」

幸四郎は腕に絡んだお千賀の手をそっと戻し、しなやかな肩を軽く叩いてその場を離れた。

ちなみに阿片は日本では——。

日本に阿片が入って来たのは、室町の頃と言われる。

桃山時代に、南蛮貿易でケシが持ち込まれ、北前船で津軽に運ばれ、この地で栽培されるようになったため、阿片は〝津軽〟とも呼ばれたという。

津軽藩は強壮薬〝一粒金丹〟を製造販売し、巨益を上げていた。

阿片は高価なので、一般には医療用として用いられるだけで、幻覚剤としては流布していなかった。だが富裕商人の間では、秘薬としてそれなりの使われ方をしていたようだ。

例えば吉原遊廓の掟には〝足抜け〟や〝廓内での密通〟に並んで、〝阿片喫引《きついん》〟の禁止があり、秘かに流行していたらしい。吉原にそれを持ち込んだのは、その威力を知る富裕な客であろう。

過酷なノルマを強いられていた山ノ上遊廓の遊女たちに、この魔法の秘薬が持ち込まれたなら、たちまち流行したことだろう。

漢方では使用されなかった阿片も、西洋医学（蘭学）では鎮痛剤として大いに使われた。浪士の斬り合いが多くなった幕末には、痛み止めのために重用されるようになり、一般にも阿片が大流行したという。

六

「林田さんには衣三郎《きぬさぶろう》という五つ下の弟がいて、地蔵町で算学塾ば開いております」

その夜、秘かに訪ねてきた志賀が報告した。

「しかし、この人物はどうも、兄の死に何の疑問も抱いておらんようですね」

むしろ志賀の聞き込みが迷惑らしく、早く帰ってくれよがしの態度だったという。

さらに懇意にしていた釣り道具屋、行きつけの飲み屋も回ってみたが、どこからも何の手応えもなかった。

「もうお手上げです。何も不審はなかったのかもしれません」

「そうか。こちらはそこそこの収穫があった。そなた、阿片は知っているか？」

「阿片ですか、ええ、もちろん」

志賀は肩をすくめて頷いた。ロシア通事として、ロシア船で箱館に来た男だから、さすがに知っていた。

「抜け荷については肥前で聞いたことがありました。いや、ずいぶん昔の話ですが……」

　志賀は思い出すように言った。

「噂では、船が着いてから船内を捜索しても遅いそうです。沖合いで、漁船を装った船に渡してしまうのだとか」

「なるほど」

「林田さん、いつも一人で釣りばしてましたよ。今思えば、沖合いを見張ったり、何かしらの合図を送っていたのですかね」

　確かに寒川や、立待岬からは、沖合いを行く船が見える。釣り舟もよく出ているし、釣り人も多く、夜であれ昼であれあの辺りをうろうろしていても怪しまれない。

「あるいはそうかもしれないが」

　幸四郎は慎重に言った。

　国井の口ぶりでは、林田は確実に関わっていると思われる。不自然なあの態度からして、もしかしたら奉行所がそれを察知し、調べている最中に消されてしまったとも、幸四郎は疑っている。

　二人は腕を組んで、しばらく黙って向かい合っていた。

「その弟にもう一度、私が会ってみようか」

　と幸四郎が言った。

「いや、それは無駄ですよ。林田さんは誰にも悟られずに任務をこなしていたようで」

「しかし、もし敵に消されたとしたら、何か不都合が生じたからだろう。或いはこれ以上の続行を林田が拒んだか、密偵であることを奉行所から勘づかれたか」

「バッテン、勘づかれたと能登屋が悟っていたら、すぐに手前を代わりとして引きずり込みますかね。敵はそうは思っていませんよ。任務続行を拒んだので消されたか、自ら恥じるところがあって死を選んだか、そのどちらかではなかですか」

「実は自分もそう考えてみた」

幸四郎は賛同するように、大きく頷いた。

「ただ、自死であれば、遺書や言い残しで、何か伝えようとするものではないか。林田はそれをしなかったのか。その死に不自然な点はないのか。そう考えて、今日ちょっと林田の死亡記録を確かめてみたのだが」

記録によれば林田は、昨年の九月十四日午後、釣りに出かけると言って家を出たまま帰らなかった。翌日の朝、立待岬から寒川に回り込む突端の釣り場に、釣り道具一式と防寒具が放置されているのが釣り人によって発見された。

発見者は地元で桶問屋を営む商人で、残されていた竿が、見事な名品であるのを見てとった。持ち主が忘れていくわけはないから、何か事故があったのではないか。そう案じてまずは地元の釣り道具屋に駆け込み、その竿を見て持ち主の名前が判明したのである。

死体は十日ほど後に、少し離れた対岸で発見された。

箱館から海岸沿いに北に向かうと、良質の昆布の穫れる尻岸内《しりきしない》という漁村があるが、その海岸に漂着したという。

死体は明らかに武士だったし、奉行所から捜索依頼の回状が村の番所に回ってきていたため、林田と判ったらしい。

そんな所まで流されたのは、何故なのか。何者かに運ばれたり、船から投げ落とされた可能性もあるのではないか。

幸四郎はそう怪しんで、海峡の潮流について調べてみた。すると一見穏やかなこの海が、実は流れがかなりきつく、海流も複雑であることを知らされた。

津軽海峡の日本海側と太平洋側では潮位が違うため、たえず潮流が流れているのである。

その方向は潮の満ち干によって変わり、昼から夜中までは、西の日本海から津軽暖流が流れ込み、東の太平洋で親潮と合流する。明け方から正午辺りまでは、流れはその逆になるという。

　そのことから、幸四郎は次のように推測した。

　この岬は箱館湾の外側にあたるため、明け方から昼にかけて海に落ちれば、湾内に流され、遺体が発見されやすい。

　ところが夕方から夜中にかけてであれば、東へ向かう津軽暖流に引き込まれ、外海へ運ばれるだろう。

　釣り人が竿を発見した時刻からして、林田は潮が変わる前に海に落ちたと思われる。従って死体は津軽暖流に引き込まれて東へ向かったが、途中でまた潮が変わるため、再び逆方向に戻され……それを繰り返して汐首《しおくび》崎の先の尻岸内に流れついた……と考えられる。

　それはごく自然で、不審はなかった。

「とすれば、林田さんは釣りをしていた場所で海中に落ちたか、突き落とされたと考えて、特に不審はないと思われる」

「なるほど、そういうことですか」

　志賀は一驚したよう目を見開き、大きく頷いた。

「ただその時刻に、沖合いで何が行われていたかは、定かでない」

幸四郎が言った。

「ともあれその翌日、能登丸の入港があったかどうか、調べてみる価値はあるかもしれない」

返事の期限は、三日後に迫っている。

翌日、幸四郎は無駄を覚悟で、林田衣三郎を訪ねてみた。

応対に出て来たのは算学塾の門下生で、主はあいにく留守だという。やむなく衣三郎の妻女に面会を申し込んだが、そちらもけんもほろろに断られた。

兄のことで今さら面倒を起こされたくないのだろう。だが幸四郎は自分の名を記した名札を置いてきたのである。

その夜になって、大男が突然訪ねて来た。

鰓《えら》の張った、算学より剣術の似合いそうな硬骨な感じのする男で、応対に出た幸四郎に対し、玄関で仁王立ちのまま大声で問いかけた。

「自分は林田益次郎の弟で、衣三郎と申す者でござる。兄のことで奉行所を煩《わずら》わせておるのは相済まぬことですが、今さら生き返るわけでなし、何ゆえ新たなお調べをしなさるのであるか」

「故人は不慮の死を遂げたのに、未だにその原因が解明されておらんからだ」

　幸四郎は言った。

「故人が何か書き遺したり、言い遺したことがなかったか、私はそれを知りたい。それがあれば、死因の解明に大いに参考になる」

「確かに兄の死因は不明ですが、自死であるとそれがしは考えています。不名誉ながら兄には借金もあり、死を選んだ気持ちはおぼろげながら分からぬでもない。もう済んだことではござらぬか。どうかもう、そっとしておいて頂きたいが」

「気持ちは分かるが、そうもいかぬ」

「そもそもこれは、奉行所の公務で動いておられるか」

「もとより私は支配調役として動いておる。そなたの生活《くらし》を乱す気など毛頭ないが、不明を解明するのが役割であるから、ここはよく理解されたい」

「遺品はすべて、兄の嫁が持ち帰りました。その義姉が特に何の不審も申しておらぬゆえ、言い遺しや、書き置きなぞなかったと考えます。これ以上のお調べは御遠慮願いたい」

　言うだけ言うと、下駄の音も高く帰って行った。

　幸四郎はそこに憮然《ぶぜん》として立ち尽くし、その音を聞いていた。

七

夜更けの海は思いの外《ほか》、月明かりで明るく凪いでいた。

潮風はなま暖かく、ピチャピチャ……と、聞こえるのは岩に打ち寄せる波の音だけ。

幸四郎は釣り糸を垂らしたまま、食い入るように遠眼鏡《とおめがね》を覗き込んでいる。暗い海に見えるのは、点々と並ぶイカ釣りの漁り火《いさりび》ばかりで、何も変わったことはない。

所在なさに、口に含んだ海鬼灯を、時々舌で遊ばせた。

林田家の筋は行き詰まっていたが、幸四郎は何とか志賀を、ロシアに送り出したかった。自分が騙されたふりをして密偵となっても、後で埋め合わせはつくのではないか。

そう思ったが志賀はきっぱり断り、能登屋屋敷の又五郎との約束を、すっぽかしてしまった。

近々にも意趣返しに訴状が奉行所に届くだろう、それでロシア行きはお終いである。

それは覚悟の上だという。

そうこうするうち、明日の早朝、能登丸が入港すると知った。調べた結果、林田が死んだ翌朝も、能登丸が入港していたことが分かった。

かくなる上は、と支倉幸四郎らは決死の覚悟を固め、林田の遺留品が見つかった岸壁に張り込んだのである。林田はここで何らかの見張りをしつつ、海中に没した。

ここは立待岬から箱館山の裏側にさらに回り込んだ、内海と外海の境にあたる。この先の岬を右に回り込むと、入り組んで急峻《きゅうしゅん》な山麓の絶壁に導かれつつ、箱館湾に入っていく。

その険しい崖上には、志賀と剣術使いの与一が陣取っていた。

つまり岬の向こうとこちらに、幸四郎と志賀は別れていた。

先手を打たなくては、とせっぱ詰まっての策である。もしどちらかの遠眼鏡に抜け荷の現場が見えたら儲けもの。ロシアへ行けるかどうかの瀬戸際にある志賀の窮状を、幾らかなりとも救うことが出来るかもしれない。

幸四郎が海鬼灯を吐き出し、遠眼鏡を握り直したのは、潮が変わる少し前だった。

暗い沖合いをゆっくり進んで来る大船を、とらえたのだ。

来た、と思った。船は灯りを落としているため、注意していなければ見落とすところだった。

間違いなくあれだ。

握りしめた遠眼鏡を、少しずつ移動させて船影を追っていく。その附近を見回したが、周囲の漁船の漁り火はその場を動かず、大船に近寄って行く小舟は見えていない。大船は岬のはるか沖合いをゆっくり回り込んで、遠眼鏡から外《はず》れ、岬の向こうへ消えて行こうとしている。その先は志賀と与一らの守備範囲で、その眼鏡が捉えてくれるだろう。

自分もあちらへ行こうと、遠眼鏡を顔から離し、立ち上がろうとした時だった。

何かの気配を感じて振り向きざま、ハッと首をすくめた。ビュンと唸って、何かが耳元を掠めたのだ。

背後に忍び寄る者がいた。闇より濃い黒装束の男が、今まさに縄をこちらの首に投げたところだった。

「何者だ?」

飛び退いて叫びつつ、とっさに刀に手を伸ばす。

失敗したと見るや、相手はやおら刀を抜いて振りかぶって来た。

とっさに岩場を転がり、一回転して立ち上がった時は刀を手にしていた。だが黒い影はいつの間にか数人に増えている。

「釣りを邪魔する無礼者、一体何用だ！」

声は崖にこだまして返ってくる。わざと大声を上げたのは、岬の向こう側の与一や志賀に届かせるためだ。

影どもは一言も発しない。不気味に押し黙ったまま、取り囲む輪をじりじりと狭めてくる。

足場も悪く、月明かりだけが頼りで、何とも息苦しい。

「ヤアッ」

気合いを入れ、声よ届けとばかり裂帛《れっぱく》の掛け声をかける。

斬り込むとみせて、囲みを破って走りだした。岩のごろごろする浜を駆け上がって、崖に沿って奥に続く道に飛び上がる。

すぐに影もまた一斉に動き、崖を背に足場を固めた幸四郎の前後を、ひしひしと封じ込んだ。

(一気に斬り抜けなければ危ないぞ)

間髪《かんはつ》を入れずに斬り込んで、相手を誘う。

「トウッ」

大上段に振りかぶってきた相手の胴を払った。男はよろけて岩場に転げ落ちていく。

続いて二人めが突っ込んでくる。

腰をひねってかわした。

だがさらに斬り掛かってくる。かなり腕の立つ相手だった。その一太刀も辛うじて避けたが、またもや岩場に転げ落ちた。

脇差しを抜き、海を背にして構え、五人の囲みを睨み据えた。

(隙を見て海に飛び込むしかない)

水練は得意だったが、ここ一年以上海に浸かっていない。おまけに勝手を知らぬ蝦夷の海はかなり沖合いまで岩礁が多く、岩だらけで、ひどく冷たいとも聞く。

頭の隅で考えつつ、足指で岩を探りながら後じさっていると、崖下の道を一散に駆けて来る人影が目に入った。

(与一か——)

気が散った一瞬を突いて、敵の刀が一閃した。

袈裟《けさ》懸《が》けに振り下ろされた刀を肩の上ではね返す。激しい金属音が闇を裂いた。

「支倉どのっ、助太刀申す」

相手は叫んだ。暗い中で幸四郎の位置を確かめるためだろう。だがその声は与一ではない。

「かたじけない」

斬り合いに加わってきた男は滅法強く、その勢いに影どもの一糸乱れぬ動線が崩れ始めた。

五人がバラバラになって構えたところへもう一人、息せきって駆けつけてきた。

与一だった。

五対三の乱戦になった。与一も腕が立つ。

やがて気がつくと影どもは逃げ散り、浜には幸四郎と助っ人二人が、抜き身を下げて突っ立っており、足元には二人が転がって呻いている。

最初に駆けつけて来た男がその場に片膝立ちで、

「たいした怪我ではない、助けてやるから白状しろ、能登屋の手の者だな」

と迫っている。

その時になって、三人めが、崖下の道を走って来た。

「大丈夫ですかあ?」

息を切らして叫ぶ声は志賀だった。

幸四郎は息を整えながら、片膝立ちで迫る男を見つめた。その男は覆面で顔を隠している。

「助太刀かたじけない。貴殿は一体……」

どなたでござるか、という言葉を呑み込んだ。男は最後まで言わせずに、ハラリと覆面を取ったのである。闇の中でよくその顔は見えないが、身体つきで誰だか分かった。

「林田益次郎どのか？」

死んだはずの男が！

身動《みじろ》きもせずに立っている幸四郎と志賀浦太郎の前に、林田はやおら胡座《あぐら》をかいて、頭を下げた。

「先般、わが弟が役宅に伺って、まことに失礼つかまつった。実はあれはそれがしの指図でござった」

志賀と支倉幸四郎が、いかなる意図で動いているか、それを確かめるためあれこれ聞き込ませたというのである。

「説明は後にして、ちと海を御覧なされ」

幸四郎は言われるままに振り返って、あっと思った。沖を華やかに彩っていた漁り火が、一斉に動きだしていた。すべてが岬の向こう側へと、吸い込まれるように向かっていく。

漁り火が消えた後は、ただ暗い海である。

この時点で初めて幸四郎は、すべてが周到な小出奉行の策だったと、思い知ったのである。

皆は呆然とし、やっと説明を求めるように林田を見た。

「あのイカ漁の船に乗っているのは、すべて奉行所の役人でござった。今頃は、この先の入り江に入った能登丸に、お奉行自ら踏み込んで、捕物の最中でござろう」

八

後で林田に聞いた話によれば、事情はこうだ。

能登屋はロシアの意を受け北方に販路を広げた商人であり、林田はまぎれもなくその密偵だった。

林田は子沢山の貧乏旗本だったが、見かけによらず蓄財の才があり、江戸にいた時分から副業で骨董品の売買を手がけていた。

調役として箱館に赴任してからは、わずかな貯えも出来た。自分を頼って蝦夷に来たいという弟を呼び寄せ、多少の借金をして塾を開いてやることも可能だった。

ところが骨董で偽物を摑まされてから、金がうまく回らなくなり、借金が返せなくなったのである。

そんな時、骨董品の売買で繋がっていた能登屋が、救いの手を差し伸べてきた。少しばかり情報をくれれば、林田の借金の肩代わりをしてもいい。それを続けてくれれば借金は帳消しにする、と。

そう持ちかけられ、当座しのぎに甘言《かんげん》に乗ったのである。

そこから地獄が始まった。

抜けるに抜けられず、二年めには、さらなる情報入手を迫られた。能登屋は決して明かさないが、危険な〝国禁〟に挑み始めており、奉行所の日々の動きを知る必要があったのだ。

それが阿片の抜け荷であろうと、薄々想像がつき、これ以上続けることに林田は深い罪悪感を覚えた。

だがここまで深入りしては拒むことも出来ず、拒んでは生きてはいられまい。林田は激しい懊悩《おうのう》を隠して、能登屋の申し出を受け、謝礼を吊り上げさせた。

行方不明になったのはそんな折である。岸壁で釣りをしている最中に、海に落ちた……という事故を演出し、自らは近在の村に身を隠したのである。

ちょうど沖合いの船と交信中だったから、能登屋側には、任務遂行中の事故と印象づけた。

一方、あらかじめ小出奉行に秘かに会い、我が身の不始末を懺悔《ざんげ》謝罪したのである。罪滅ぼしに、今は一命を賭して阿片密売の実態を摑む所存であるから、それまでなにとぞ自分を死んだことにしてほしい、と頼み込んだ。

奉行はそれを許し、林田との謀議に積極的に取り組んだ。従って奉行と一部の幹部を除いては、林田の妻も弟も誰一人、その生存を知る者はいなかった。

「ばってん、尻岸内に死体が上がったでしょう」

志賀が口を挟んだ。

「ああ、あれがそれがしであれば、能登屋も安泰だったのだが」

林田は苦笑し、顳顬《こめかみ》を小指で掻いて続けた。

「やる以上はそこまでやらねば、お奉行は納得されなかった。それがしの死体を見せない限り、海にかけては百戦錬磨の能登屋を騙すことは到底出来ぬ、と仰せられたのだ」

志賀は幸四郎の顔を見て、頷いてみせた。

「それがしが申してはまことに僭越だが、その点で、小出奉行は実に優秀な相棒でござったよ。わざわざ町方の船を出させて、大げさに我が死体を探させたし、その上、どこからか似たような年格好の死骸を探し出させ、わざわざあの場所に放置して、漁師に発見させたのだから」

「ではあの場所は、偶然ではなかったのですね」

　幸四郎が問うと、林田は深く頷いた。

「その通りだ、支倉どの、あの場所はお奉行が選んだのだ」

　北海を股にかける能登屋のこと、船頭を初めとする荒くれ共は、その海流をよくよく知悉《ちしつ》していよう。海流に乗って流れ着くべき所に死体がなければ、決して納得しまい。

「そう考えてお奉行は海流を調べさせ、あの場所を定めたのでござる。え、それがしが、よくあの斬り合いの場に駆けつけられたと？　いやいや、あれは予想もしなかったことで」

　林田は苦笑を深めた。

「あの夜は、海で能登丸の大捕物が行われるはずだったから、のんびり見物させてもらおう、そう思って行ったのでござるよ」

能登屋重兵衛とその一味は、国禁を犯した罪で一網打尽され、江戸に送られた。

林田益次郎は小出奉行の慰留を返上して辞職し、江戸の妻子のもとに帰って行った。落ち着いたら深川あたりで、釣り道具屋を営みたいという。

奉行所には、志賀浦太郎に対する能登屋屋敷からの訴状と、高利貸からの高額の請求書が寄せられていた。借金については、後に親元から返金されることで解決した。だが立ち場も弁《わきま》えず遊行に耽った罪は許されず、ロシア行きは取り消された。しかし奉行の取りなしで、解雇は何とか免れたのである。

七月二十七日朝、支倉幸四郎は軒を打つ雨音に目覚め、雨戸を開いて、雨に打たれる庭の紫陽花《あじさい》を眺めた。

（これは志賀の涙に違いない）

ちょうど今頃、若い伝習生を乗せたロシア船ポカテール号が、雨のそぼ降る中を出て行くところだろう。

奉行所から加わる予定の二人は一人に減り、江戸から到着して待機していた一行と共に、総勢六名の旅立ちだった。

謹慎を命じられた志賀は、座禅修業を許されて、しばらく山麓の寺に籠っている。

心の隙を衝かれ、深みにはまってしまった若い官吏への、小出奉行の厳しい戒めであったが、同時にそれは、江戸から来た晴れがましい伝習生と顔を合わせないための心配りでもあったろう。

そのかれらも発ったから、そろそろ許される頃である。

待ち遠しかった。戻って来たら染屋あたりに誘い出し、酒を酌み交わしつつ、心ゆくまで語りたいことが山ほどある。

すべてを鮮やかに治めた小出奉行の名采配ぶりについて。それに比べて自分らは、ただのデクノボウに過ぎないということ。

今のあいつとならそんな話しが出来る。

ちなみに――。

小出奉行は、ロシアのゴシケヴィッチに宛てた書簡で、領事が目をかけていた志賀浦太郎は、一身上の不都合で渡航を取り消しになったむね伝えている。

それに対する元領事からの返書には、〝若気の至り〟で仕方がない、若いうちはいろいろ過ちがあるものだ、と記されていたとか。

そしてこの翌年、小出大和守は、幕府の全権大使としてロシアに向かうことになるのだが、その時、通事として志賀浦太郎を伴った。
もちろん今はまだ、志賀はそのことを知らない。

第五話　盗まれた人骨

一

冷たい海風が、日に日に非情さを増していた。

町は身を切るような海風に吹き晒され、防寒衣にどんなに厳重に身を包んでも、わずかなぬくもりも肌から奪い去っていく。

奉行所の前から見はるかす三森山、横津岳、駒ヶ岳の山々は、すでに真っ白く雪で覆われていた。

そんな慶応元年（一八六五）、十月二十六日の夕刻のこと。

この日は、小出奉行が退庁時間の八つ半（三時）を過ぎてもまだ在室していたから、誰もが帰らずに居残っていた。

「〃かめだ〃に、いい娘《こ》が入ったらしいぞ」

「久しぶりにどうだ」

年配の同僚らがひそひそ囁き交わし、幸四郎に誘いかけてくる。

「いいですねえ」

満更でもなく頷いている処へ、老守衛がやって来た。

「支倉様、表にアイヌが来てますでな。お奉行に会わせろと、動かんのです。お手すきなら、ちょっと会ってやってくれんですか」

幸四郎はそこそこ権限のある調役だが、最年少なので頼みやすい。当人がまた快く応じるため、雑用が集中してくるのだった。

この時も気軽に立って出てみると、玄関に老若三人のがっしりしたアイヌが立っていた。

訪問者がアイヌと聞いて、少し気分が引けてはいた。というのもかれらが奉行所の門を叩く時は、ほとんど決まって和人の横暴を訴えるからだった。

「調役の支倉だが、何用か」

すると三人のうち長老格の、白い頬髭の男が進み出た。

「自分は落部《おとしべ》村の乙名《おとな》でヘイジロウと申す者である。急用のため、お奉行様にお取り次ぎ願いたい」

乙名とは、首長とか長老の意味である。

「お奉行はじきに退庁される。用件はこの支倉が聞いて、伝えよう」

「ならば申し上げる」

乙名ヘイジロウは、張りのある太い声で言った。

「数日前に何者かがわが落部村に来て、われらが先祖の墓を暴き、十三体の人骨を持ち去った。このようなことがあっては、あの世の御先祖に申し訳がたたぬと、村中の者は嘆き悲しんでおる」

「ふーむ、和人の仕業というわけか」

幸四郎は、この夏、馬上から見たアイヌの墓を思い出した。

アイヌは死を旅立ちと考え、その墓はハシドイの木を削ったイルチカムイ（墓標）を地に突きたてただけの、簡素なものだった。

あの世が平和で安寧であるため、遺骸の眠る墓地は静寂な禁断の地とされ、かれらは墓参りもしないという。その聖なる土地を、土足で踏みにじられたのだ。

「いや、墓に案内したのは和人だが、骨を盗んだのは異人らしい」

「なに、異人と？」

驚きのため、幸四郎は我にもなく大きい声を上げた。いかにも面妖《めんよう》な話である。異人の墓暴きなど、今まで聞いたこともない。まして落部村は、箱館から十数里も離れている。外国人に許された自由区域は、大町居留地から十里までとされ、そんな奥地に踏み込むはずがなかった。

この者ら、何か勘違いしてはいないか。異人嫌い、和人憎しで、何かの被害妄想に陥っているのだ。

そう思って油断なく相手を観察したが、ヘイジロウと名乗る男はいかにも乙名らしい風格があり、その深い目はまっすぐ幸四郎を射抜いてくる。

「相手が異人では手も足も出ない。お奉行様のお力で、ぜひとも骨を取り返して頂きたい」

「盗まれた人骨の名前を、すべて申し上げることも出来ます」

連れの二人のうち一人の若者が、怒りに燃えた目を向けて挑むように言った。トリキサンと名乗るその逞しく堂々とした若者は、十三体の名前を一気にそらんじてみせた。

幸四郎はその迫力に押され、瞬時に判断した。

この三人に嘘はない。

「それは由々しきこと。急ぎ奉行に取り次ぐゆえ、ここでしばし待たれよ」

すぐ引き返そうとした時、表戸がわずかに開いて、女の顔が少しだけのぞいて引っ込んだ。愛らしいアイヌの少女だった。

三人に付いて来て、外で待っていたのだろう。

「外は寒いから中で待つがいい」

幸四郎はそう声をかけて、奥の奉行詰所に擦り足で走った。

近習に取り次ぐと、入れという。幸四郎は執務室入り口で片膝ついて報告した。

「ふむ、そうか」

奉行は聞き終えると、表情も変えずに言った。

「そこらに橋本がいるはずだから、アイヌたちの話を聞くよう伝えよ。それと喜多野《きたの》をここに呼べ」

橋本悌蔵は組頭、喜多野省吾《しょうご》は調役である。

幸四郎は二人に奉行の命令を伝え、三人のアイヌを面談の間に通した。少女の姿が見えないので若者に尋ねると、肩をすくめただけで答えはない。異人への反感は、和人へも向けられていた。

後で知ったが、少女は母親の骨を奪われた被害者の一人だった。

幸四郎は最後に面談の間に入り、組頭が事の次第を聞き取るかたわらで、帳面に書き取っていく。

ヘイジロウの訴えによれば。

今月二十一日の朝、鉄砲を持った異人三人が、和人二人に導かれて村に馬で乗りつけてきた。見ていた村人を鉄砲で脅しつけ、海岸近くの墓を暴いて、人骨を奪い去ったというのである。

その日は、ほとんどの大人たちは山籠りで村を空けていたため、対応が遅れた。村一帯に天然痘《てんねんとう》が流行っており、こうした時の村の習わしで、一時的に大人は山に避難するのである。

またヘイジロウ自身は箱館に出張しており、弁天町の旅籠まで知らせに駆けつけた二人の若者から、話を伝え聞いた。

このヘイジロウさえ、初めは信じなかった。まさか異人が、落部くんだりに来れるはずもなく、まして〝土民〟の墓など暴いて、何の益があるのだ、と。だが、村に残っていた子どもや数人の者が異人を見ていた。嘘をついても、それこそ何の益もないことから、それは事実に違いないと悟り、訴え出たという。

トリキサンは再び、奪われた十三体の名前をそらんじてみせた。

事の重大さを悟った橋本は、三人を待たせ、再び奉行の執務室に走った。そして奉行と相談の上、三人に運上所（税関）での待機を指示した。そこには宿泊の設備もあり、今後、いつでも事情聴取に応じられるよう、しばし足止めしたのである。

「案ずるな。骨は必ず取り返すと、お奉行は申しておられる」

橋本は三人にそう約束し、足軽をつけて奉行所を退出させた。

橋本と共に、改めて執務室に入った幸四郎は、おや、と思った。

やりとりを聞いていて、すでに二人が事情を知っていることに気がついたのである。

それとなく近習に訊いてみると、どうやら今朝、すなわちこの十月二十六日の午前、大町の運上所から情報が届いたらしい。だがそれを受け取った橋本は、あまりに馬鹿げた話なので、まともに取り合わないまま、小出奉行に一応報告した。

その情報とは、アメリカ領事ライスが今朝がた、わざわざ運上所を訪れ、問うたという。

「外国人がアイヌの墓を荒らしたという噂を聞いたが、それは本当か。その不届き者は、いずこの国の者か。もしアメリカ人であれば、厳罰に処したい」

外人居留地では、墓地盗掘の一件はすでに知られていたのだ。

だがこの時点では、運上所はまだ何の噂も聞いておらず、とりあえずその情報を奉行所に送ったのである。

ところがそれから半刻（一時間）もたたぬうち、運上所の役人半沢《はんざわ》正五郎《しょうごろう》が、奉行所に馬を走らせて来たという。

「先ほどの話は、事実でありました。たった今、運上所に来たアメリカ商人ジェームスが、教えてくれたのです。犯人はイギリス人だと。それはイギリス商人テュスから聞いた話なので、間違いないと。はい、犯人の名前も分かっております！」

それはイギリス人博物学者ヘンリー・ホワイトリー、英国領事館の警吏ヘンリー・トローン、領事館の下級館員ジョージ・ケミッシュ。三人を導いたのは同館の小使、庄太郎《しょうたろう》と長太郎《ちょうたろう》だという。

一行は、この十月十八日未明に、鴨撃ちを装って、箱館を馬で発った。二十一日に落部村に着き、二十三日夕刻に、領事館に戻ってきたというものだ。

さらに幸四郎が驚いたのは、小出大和守は、この一行が箱館に戻った翌二十四日には、すでに事態を掌握していたということだ。

奉行は、運上所からの報告を聞く前に、日頃から裏情報を取っている独自の経路から、一件を耳に入れていたのである。

奉行は半信半疑ながら、ただちに下役を現地に送り込み、探索にあたらせていた。

今は、アイヌからの訴えを待っていたというのだ。

次々とそうした事情が明らかになるにつれ、幸四郎は冷や汗が滲むのを禁じ得なかった。

(知らなかったのは、自分と、退職間近のお気楽な連中だけか?)

午前中は、ある報告書作成のため、頻繁に文蔵《ふみぐら》に出入りしていたのは事実だが、そんな周囲のざわめきに少しも気づかなかったとは。恥ずかしくて、穴があったら入りたかった。

誰か教えてくれても良さそうだが、いつも何かと注進してくれる杉江は、あいにく今日は風邪で病欠だった。

しかし杉江がいようといまいと、奉行が、七つ(四時)過ぎまで居残っていたなら、何かあったかと疑ってしかるべきだろう。

何と自分は目出たい男だ……。

自己嫌悪に陥っていると、思いがけず奉行詰所に呼ばれた。

そこにはすでに、橋本悌蔵、喜多野省吾の他に、御普請役や、通事ら数人が固い面持ちで控えていた。

「前代未聞の大事件が起こった」

小出奉行がおもむろに言った。

「今しがた、落部村アイヌの乙名へイジロウから、訴えがあった。異人が村に入り込み、墓を暴いて人骨を持ち去ったという。盗まれたのは十三体だ。運上所の情報によれば、これはイギリス人、それも領事館員のしわざらしい」

衝撃が走った。

まさか、という声も上がった。

「そのような大それた真似を、下っ端役人が勝手に出来るわけがない。これは間違いなく、裏に領事館が絡んでいよう。ただし現時点で談判できるのは、館員が決められた遊歩区域を犯したこと、墳墓から人骨を盗んだこと、この二点である。何か質問はないか」

「目的は一体何でしょうか。十三体ものアイヌの骸骨を、一体何にするつもりなのですかね」

喜多野が呆れたように言い、首を傾げている。

「それはまだ不明だが、おいおい分かるだろう。興味深いのは、盗掘一味に博物学者が混じっていることだ。このホワイトリーなる者は、この国で珍しい物を見つけては、本国に送っているそうだ。いずれこの骸骨も、見世物小屋に陳列されるのかもしれん」

　奉行は冗談のつもりで言ったらしいが、悪い冗談だった。一同はシンとして、笑いもざわめきも起こらなかった。

「自国内の墳墓が外国人に荒らされるなど、あってはならぬこと。先祖の眠る墓を侵すのは、我が国の誇りを踏みにじることであり、この連中は二重三重に無礼である」

　小出が言った。

「ついては今から英国領事ワイス方に出向き、これを糺《ただ》すことに致す。従《つ》いて参れ」

　言い終えた時には、すでに立ち上がっていた。

（これから？）

　どよめきが起こった。

　日の昏れるのは早く、外はもう真っ暗で、身を切る木枯らしが吹き荒れている。

　イギリス領事館は、箱館山山麓の旧奉行所の下にある。海べりの運上所から基坂を上がれば、左である。

　五稜郭からは海の方へ、すなわち南に向かって、広い道がまっすぐに延びていた。

　馬で行けば箱館山山麓まで、半刻（二時間）かからないが、それでも到着は六つ半

（七時）になろう。

訪問にはいささか遅い、という常識がチラと幸四郎の頭を掠めたが、他国で墓を暴くという非常識を糺すには、迅速果断に対応すべきだろうと思い直す。

今は小出奉行を信じて従うのみだ。

宵闇の中、五稜郭を馬で走り出たのは、詰所にいた奉行以下七名と、馬の口取りや警固の足軽など十二、三人。寒風吹きすさぶ真っ暗な原を抜け、軒行灯に灯りがともる静かな町を走り抜けた。

遠くに黒々と見えていた箱館山が、どんどん近くなる。

幸四郎は、この談判に加えられたことを、望外の幸せと感じていた。これからどう展開していくものか、馬を走らせながら、戦地に赴く戦士のように胸が熱くなった。

二

領事館は、だだっ広い基坂の中途に建っている。

この基坂を上りきった突き当たりに、黒々と木立に囲まれた旧箱館奉行所があった。

領事館には、昼間はユニオンジャックの国旗が翻っているが、夜は下ろされており、木々の間に見える窓にはあかあかと灯りがともっていて、まだ皆が残っている気配が見てとれる。

驚いたのは、この領事館の周囲の空き地に、すでに先行隊が潜んでいたことだ。すぐ上に旧奉行所があるから、こちらに手配して、館員の出入りを見張らせていたのだろう。

先ほど奉行が喜多野を部屋に呼んだのは、この手配をさせるためだったのだと、思い当たる。

奉行の一行が基坂を上がって門に近づくや、物陰から一人が駆け寄ってきて、奉行に何やら耳打ちした。小出奉行は小さく頷き、何ごともなかったように馬を進める。

案内を請い、奉行以下七名が入り口に近い応接室に通された。

そこには暖炉が燃えていて暖かく、外から来た一行は慌てて外着を脱ぎ、ほつれ毛をなでつけ、襟元を整えた。

見計らったように、領事ワイスが、側近を従えて出て来た。四十半ばに見える、いかにも肉と赤い酒をたっぷり吸い込んだような、太りじしで赤ら顔の、老獪《ろうかい》そうなイギリス人だった。

「一体何事ですか」

驚いてみせるワイス領事に、十歳以上若い小出大和守は、まずは礼を尽くして一応の挨拶を申し述べた。

以後は、互いの自国語で話すのを、そばに付き添う通事がすぐに翻訳するというやり方で、話は進められた。

「実は大事件が起きたので、急ぎ罷《まか》り越した次第です」

小出奉行が言った。

「ほう、それはまた何ですか、どうぞ座って、ゆっくりお聞かせ願いたい」

勧められるままに奉行は長椅子に腰を下ろし、その背後に立ち会いの者らがズラリと並んだ。

「先ほど落部村アイヌより、妙な訴えがござった。さる二十一日に外国人三人が落部村に現れ、アイヌの墳墓から人骨十三体を盗み去ったという。これは由々しきこと、アイヌは日本国民であり、落部村は自分の治める管轄内であるからして、見過ごすわけにはいかない。巷の噂ではイギリス人が関係しているらしいので、今からこれを糺したいが、そこもとはこの事件をご存じかどうか」

奉行は一気に言い、ワイスを鋭く正視した。

「一向に存じません」

ワイスは驚いた顔で言った。

「誰がそんな噂を流しているのですか」

「いや、誰がどうというより、すでに居留地では評判になっていること。それを耳にしたある外国人が、今朝運上所に来て、その風聞《うわさ》は本当か、と問うてきた。自国の者であれば罰したいと。貴国の商人も確かめに来たと聞いている。それを貴公が存じないと主張されるなら、各国領事と在留外人を残らず呼び出し、とくと取り調べなければならぬ」

「いや、初めて聞きました。その英国人とは誰ですか」

「名前は申しかねる。ともあれ亀田村からわざわざ出張って来たのだから、館内にいる全英国人を即刻ここへ呼び集め、それがし立ち合いの上で吟味致したい」

「それはやぶさかではないが、今からでは、全員が揃いませんよ」

「しかしホワイトリー、トローン、ケミッシュは、館内に居るとの報告がすでに入っておる」

三人の名が出て、相手の赤ら顔がさらに赤くなった。

「特にホワイトリーは昆虫などを蒐集しては本国に送るそうだから、ぜひともこの三人を糺したい」

「早速呼びましょう」

ワイスが側近に命じ、三人を呼びにやった。

幸四郎ら立ち会いの一行は、奉行の電光石火の気合いに固唾を呑んでおり、ここで小さく一息ついた。

だが小出奉行は、領事に息つく暇を与えずに続けた。

「もし偽りを述べる者がおれば、三人の顔を知るアイヌが、下の運上所に待機しておるので、対面させたい。また罪人が判明したら、盗まれた人骨はすみやかに返してもらいたい」

「勿論ですとも、お奉行。もしそのような者がおれば、他に過料としてドル五百枚、または二カ年の入牢を申しつけますよ」

一同は、この宿命の対決に目を奪われていた。

ちなみに二人の宿命の対決とは――。

この領事ワイスと小出大和守は、神奈川で一度対決していた。

薩摩藩の大名行列に、イギリス人四人が乱入し、二人が家来に殺傷された生麦事件で、厳しい交渉が繰り広げられたのである。

当時ワイスは神奈川領事で、強硬派の急先鋒だった。事件を知り、薩摩勢と一戦交えようと仲間を集めて大名行列を追うなど、好戦的な態度に終始した。だがその対応は一歩間違えば戦争になりかねなかったと本国から批判を浴び、横浜から箱館に飛ばされたといういきさつがある。

一方の小出大和守は外国奉行の御目付として、奉行と共に、交渉に当たった。日本の立ち場は、安政の不平等条約（勅許を得ずに米、英、仏、露、蘭との間に結ばれた安政の仮条約）のため弱く、相手から罵言を浴びながら、ひたすら謝罪を重ね続ける役目だった。

その手腕が評価され、小出は直後に箱館奉行に抜擢された。この因縁の二人が、蝦夷の地で再びまみえることとなったわけである。

三人が出頭してきた。

ホワイトリーは幸四郎と同じ年頃の白皙の学者で、カタコトの日本語が話せた。トローンは肥って銀髪が毛深くどこかケモノじみており、ケミッシュは小柄でいかにも貧相だった。

まずワイスが、奉行所役人が乗り込んできた理由を説明し、

「方々は、イギリス人が、その人骨をここへ運び入れたと疑っておられる。その者たちの名前を知る商人もいるという。あらぬ疑いを晴らすために、正直に詳しく申してみよ」

するとヘンリー・トローンが肩をすくめ、首を振って言った。

「確かに自分らは、十八日に箱館を出立し、森村に泊まり、二十一日に落部村に行き、二十三日に帰りました」

「落部村でアイヌの墓を掘らなかったか」

ワイスが尋ねる。

「まったく身に覚えのないことです。我々は小鳥を撃っただけです」

ワイスは頷いて、小出に向かって言った。

「……御覧の通り濡れ衣と申しています。見馴れないイギリス式の狩猟を、何かと間違えられたのではありませんか」

小出奉行はそれを無視して言った。

「その節、小使を二人連れて行ったと思うが、ただちに呼び出してほしい」

すぐ庄太郎と長太郎が呼ばれた。二人とも二十代前半だろう。

今度は小出奉行が直々に訊問したが、二人とも、トローンと口裏を合わせたように、同じことを繰り返すばかりだ。

ただ庄太郎は落部村に行ったが、小鳥を撃って来たと言い、長太郎は、森村まで同行しただけで落部村には行っていないという。

では、その間何をしていたのか、と訊きかけた時、トローンが大声で割って入り、叫ぶようにだみ声で言った。

「無実の者を、罪に誘導するのは、吟味としていかがなものか」

「何を申す、誘導ではない」

小出が冷徹に言い返した。

「庄太郎らがその方たちに同行した事実があるゆえ、糺すのだ。本人が否定したからといって、それを鵜呑みにし、信じるのでは吟味とは言えぬ」

だが訊問はそれで終わった。

五人が部屋から出て行くと、待っていたようにワイスが言った。

「このように一通り糺してみたが、いずれも知らぬ存ぜぬと申し立てています。仮に疑わしい点があっても、日時もたっているので、これ以上はどうにも真偽を糺しがたい。そこで……」

大きな両手を揉み合わせながら、赤ら顔を突き出した。

「最前、私が申したように計らってはいかがですか」

ワイスが先ほど提案したのは、罪人に過料としてドル五百枚を払わせるか、二年の入牢を申しつけるというものだ。

だが、にべもなく小出は言った。

「貴公が糺すのを承る限り、これを吟味とは申せぬと思うが。こんなことで犯人が挙がるわけがない。それにアイヌの墓を暴くという大罪を犯した者に、過料五百枚や二年の入牢ぐらいでは、あまりにも刑が軽過ぎよう」

「しかし吟味の上、あの者たちの仕業と判明したら、そのように計らうのがよろしかろう」

突然ワイスは丁寧な言い回しを捨て、恫喝《どうかつ》口調で言った。法衣の下に鎧《よろい》がチラリ……で、不平等条約をかさに着たのである。

英国人は、アイヌが日本で差別的に扱われる民族だと知っていた。だから奉行がすぐ条件を呑み、引き下がると踏んでいたらしい。

だがあてが外れて、顔が赤らみ、怒りで目が青く燃え立った。

（和人の骨ならいざ知らず、たかが土民の骸骨ではないか。ここらであっさり手を打つのが、国際人のイロハだろう。そんなことも心得ぬ石頭のイナカ奉行が）

そんな腹立ちが、その態度から読めるようだった。

　幸四郎は息を呑んで思い巡らした。

　あの三人を骨盗人として断罪し、トカゲの尻尾切りをしようというのが、ワイスの戦略だったらしい。それをかくも見え見えに急ぐのは、日本側を侮っているだけでなく、背後に何か隠しているからではないか。一体それは何だ。

　小出奉行も同じ考えからか、一歩も引かぬ構えなのが頼もしかった。

「それとお奉行」

　すり寄るようにさらにワイスが言った。

「この事件を知っていた米国商人と、かれに伝えたという英国商人の名前を内密に伺いたい」

「どのように申されても、明かすわけにはいかぬことだ」

「しかしその者が、英国人のしわざだと申している以上、この事件の証人として名前を伺わねばなりません」

「その者が噂を流したわけではない。皆知っていたことだ」

「それではこの事件を、江戸の公使へ説明出来ませんぞ」

「たとえ公使に訊ねられても、その者の名は答えられぬ」

「裁断（裁判）の場で質問に答えないとは、筋が通りません」

ワイスは威丈高に詰め寄った。

「いや、これは吟味とも言えず、裁断の場でもない。拙者は今夜、奉行の職務として掛け合っておるだけだ」

奉行はにべもなく言い放ち、吟味とはこんな生易しいものではない、と言外に匂わせた。

二人は、無言の視線の応酬となった。

だがあからさまな言葉のやりとりはなく、ワイスはそばに置かれたグラスの水を一気に呑み干した。

今日はもう時間も遅いから、日を改めて、正式に裁断しようということになって、退出する小出奉行の後に一同は続いた。

三

幸四郎はその夜、自宅の囲炉裏端に座り込んで呑んでいた。興奮を冷ますには、今は熱燗しかない。

どこか陰謀の匂いのするあの威圧的な空気には、ほとほと疲れた。

傍聴していただけでそうなのだから、小出奉行にかかる重圧はいかばかりだったろう。異人どもは日本人を頭から馬鹿にしてかかり、奉行所の役人には自分らの陰謀を暴く知恵などないと考えていたらしい。

「……しかし驚きました。西洋では人骨を何に使うのでありますか」

顚末を聞いた与一は、薪を動かす手を止めずに問うた。パチパチと火の粉が上がる。

煙たそうに目を細めて幸四郎が言った
「それはまだ分からんが、漢方では、薬に使うのだろ？」

すると囲炉裏の向こう側で薬研《やげん》を転がしている磯六が、言った。

「手前は使ったことはないですが、『本草綱目《ほんぞうこうもく》』によれば、骨粉は瘡《かさ》に効き、頭蓋骨は労咳や寝汗に効くとされております。西洋でも、慢性疾患に効くと」

「しかしそれなら、わざわざ落部村くんだりまで行かずとも、調達出来ますよ。欲しかったのは、アイヌの骨でしょう」

与一の言葉に、幸四郎が頷いた。

「その通りだ。磯六は蘭学を齧《かじ》ったから、人体の解剖図や、骨格図を見たことがあるだろう。西洋では、骨を分類する学問があるそうだな」

「ええ、異国の人骨を比較検討して、源流や発生を辿る学問ですな」

「それだよ、たぶん。お奉行も申されていたが、盗人には博物学者が混じっていたという。やはり、アイヌの骸骨を何かに分類し、標本にしようという魂胆だろう」

「あ、その博物学者とは、誰ですか？」

磯六がふと訊き咎めた。

「ホワイトリーという領事館員だ。知っているのか」

「いえ、手前の知っている博物学者は、ブラキストンといって、イギリス人の製材業者です」

「あのブラキストンか？」

幸四郎は首を傾げた。

「その名前は知ってるが、確か材木商と思ったが？」

「本業は鳥類研究が専門だそうですよ。しかしそれでは食えないから商売をしているが、忙しくて、鳥の観察など出来ないと……」

「ふーむ、イギリス人には博物学者が多いのかな」

幸四郎は驚いていた。ブラキストンという若者は颯爽としていて、少壮の商人と思っていたのだ。

「というより博物学者の多くが、調査のため、商人として海外に出るのでしょうな」

磯六が言った。

ブラキストンも、鳥の調査のため探検隊に加わって、カナダや揚子江《ようすこう》流域を探検したという。その帰りに箱館に寄って、この町の美しい自然に魅せられ、二度めの来日となったのである。

「なるほど。しかし磯六、なぜ、そこまで知っているのだ」

「山で出会ったのですよ。手前は薬草の採集ですが、向こうさんは遠眼鏡で、鳥を観察しとりました」

磯六は暇を見ては薬草採集に出かけており、箱館山でその異人に二、三度会ううち、カタコトで会話するようになったという。

「なるほど、そういうことか。まあ、呑め」

磯六の、隠れた一面を見た思いである。

とすればホワイトリーは、アイヌ人骨の蒐集《しゅうしゅう》のため箱館に来たのかもしれない。

磯六に酒を勧めながら考え込んだ。

「ブラキストンは、箱館に来て何年になる？」

「一昨年の初夏に来たそうだから、この冬で二年半ですか」

同じ英国の博物学者であれば、盗んだ人骨の用途を知っているのではないか。幸四郎はそう考え、胸が高鳴った。

このブラキストンに当たってみてはどうだろう。

「旦那様、もしご必要とあれば、手前が仲立ち致しますが」

察したように磯六が申し出た。

「いや、ここは思案のしどころだ。異人であれば、自国の不利になることはまず喋るまい。まして人骨盗掘の当事国だからな」

軽々しく踏み込むのは避けるべきだろう。

「まあ、少し考えがあるから、この話はここだけに止めておけ」

徳利を上げて言った。

「二人とももっと呑め、おれも呑む」

着任当初、同僚らの酒の呑みっぷりに驚いたが、ここに暮らしてみると、呑まずにいられなくなる事情が、少しずつ分かってきた。

翌二十七日、幸四郎は未明から起き出し、眠気を払って文机に向かった。

ブラキストンに接触する許可をもらおうと思い、奉行宛に上申書を書いた。早めに登庁して組頭の橋本にそれを託すと、幾らか安堵した。少しでも自分の昼行灯《ひるあんどん》ぶりを挽回し、役に立たなければならない。

四つ半（十一時）に、役職と、警固に詰めている東北諸藩の留守居役が一間に集められ、アイヌ墳墓盗掘事件について、奉行から直々に説明があった。

アイヌの間に不穏な空気が高まって、若者がどこぞに結集しているという噂も流れていた。暴動の可能性もあるから、くれぐれも市中警固を怠らぬように、と小出奉行は結んだ。

幸四郎には特に言葉がなかったので、落胆した。

会議が終わると手炙り持参で文蔵《ふみぐら》に入った。西洋の骨の学問について、何か資料はないか探すつもりだったのだ。

そこへ誰かが入って来た。

組頭の橋本である。

「そなたの上申書にお奉行が目を通され、それなりに評価された。だがそれには及ばぬとの仰せだ。しかし寒いな、ここは」

橋本は言い、いかつい顔をしかめて、火鉢に手をかざした。

「ミスタ・ブラキストンはお奉行もよく知っておられる。すでに人骨の使用目的を聞き、おおかた掌握されておいでなのだ」

「はっ、さようでありましたか」

「今発表を控えておるのは、情報源をワイスに悟られないためだ。なにしろこの材木商は博物学者だから、その筋に詳しい。今うかつに公表すると、誰が喋ったか露見してしまい、英国領事との関係に何かと不都合が生じる」

「しかしブラキストン氏は、自国のことを明かしたのですか」

「この一件に義憤を燃やしておったからだ。このまま頬かむりするのは英国の恥だと考え、わが方に秘かに協力してくれた。まあ、他国の商人からも情報が入りつつあるから、ワイスが幾ら隠してもおいおい広まることだがな」

両手を火の上でこすり合わせ、幸四郎に近くに寄れと合図して囁いた。

「おぬし、ロンドンの大英博物館なるものを知っておるか」

「いえ」

「その館には、世界中から集められた珍物や化石が陳列されているそうだ。そこに持ち込めば、モノによって高額で買い取ってくれるとか。それどころか館は、海外によく出かける探検家や学者や商人に、学術蒐集の特別の肩書きを与え、積極的に集めているそうだぞ」

「へえ」

「そこにはエジプトのミイラまであるというから、アイヌの人骨が並べられても何ら不思議はない」

幸四郎は橋本と顔を見合わせ、沈黙した。

日本では考えられないことだった。世界は広く、不思議に満ちている。それが二人が同時に抱いた感想だった。

四

二日後の十月二十八日、正式な吟味が英国領事館で行われた。

小出奉行は、組頭橋本悌蔵、調役小柴喜佐衛門《こしばきざえもん》ら、十人近い立ち会い人を引き連れて、吟味にのぞんだ。幸四郎もその一人であり、今回は通事が二人も含まれていた。

さらに訴人のアイヌ三人と、異人に馬を貸した馬宿の友蔵《ともぞう》が証人として呼ばれ、別室に控えている。

先方には、英国領事ワイスの他、同国書記官インスリー、同国商人ジェームス・マルが筆記し、助役《すけやく》として、ポルトガル領事ハウル、フランス領事ウエーラ、米国領事ライス、同国商人テュス・ホールらが出席しており、壮観だった。

これだけの人間が顔を揃えた大広間は、異人特有の体臭や香料などが漂い、息苦しいほどだった。

まずは小出奉行が立ち、トローン、ケミッシュ、ホワイトリーの三人を訊問したいと申し出た。

ところがワイスがこれに異議を申し立て、自国の者については自分が調べる、と治外法権をふりかざしたため、一時騒然となった。

すると頬髭を貯えた大柄な米領事ライスが、事実を明らかにするには訴えた側が訊問するのがいいのではないか、と助言した。ライスはアメリカ人らしい大らかさで、箱館では人気の名物男である。

ポルトガル領事ハウルが、眼鏡をかけた繊細そうな細面を頷かせて賛同し、仏領事ウエーラも両手を広げて賛意を表した。

そこでようやく口火が切られた。

小出奉行は訴状を読み上げて、被告の三人に問うた。

「以上、落部村で墓を暴き十三体の人骨を盗んだ事実を、その方らは認めるか」

「全く身に覚えのないことです」

と、三人は口々に否定して、退席した。

次にアイヌ乙名のヘイジロウが、ひととおりの経過を述べ、若いイタキサン、トリキサンがそれを裏づける訴えを行った。また友蔵が、異人に馬を貸したことを証言した。

「ワイス領事、以上のように、当方には確かな証人と、証拠が揃っております。よって退席した三人を呼び返し、いま一度、訊問したい。ただし今度は三人を別々の所に控えさせ、一人ずつ尋ねたい」

小出の申し出に、ワイスが太い首を振った。

「我が国の法律には、そのような決まりはありません」

「左様なことはござるまい。そう申されると、この件は、領事も同腹で行ったものと考えざるを得ないが。そうでなければ当方の望む通り、一人ずつ別々に、真偽を糺させるのが道理であろう」

ワイスは顔をしかめたが、小出は引き下がらない。

「それが出来ないのは、口裏を合わせて不正を隠す必要があるからと考えざるを得ない。それを、英国の法律などと言い逃れるのは、大英帝国の名を汚すことと思うが、いかがか」

「いや、領事館の書類にはそうなっているのです」

「そちらの書類にはそうあるかもしれぬが、日本大君《たいくん》殿下の執政で取り決めた書類に、そんな記述があるはずがない。従って貴公の言い分は信用出来ぬ」

よく通る声が響いたが、小出奉行の端正な顔は無表情に近く、浅黒い顔色もいつも通り変わりはなかった。

だが一方のワイスの顔は真っ赤に上気し、額に汗が滲んで、息が苦しげだった。

立ち会いの領事や商人たちの間に、ざわめきが起こった。皆で顔を寄せ、しばし何か協議していたが、ポルトガル領事ハウルが代表して言った。

「今のは言い過ぎではないですか。ワイス領事は、不正を隠そうとして拒んでいるのではありません」

「ならば、当方の望む通り、一人一人別に糺すべきでござろう。それをあれこれ申すのは、不正の廉《かど》があると思われる」

「一人ずつでも、当方は別に苦しくはありませんよ」

ワイスが汗を拭いて言った。

「ただその前に伺いたい。運上所に、骨の盗掘を申し立ててきた外国人は、誰ですか」

すでにその名前は公けになっていたため、小出奉行は米国領事ライスと英国商人デュースの名を言った。

「もっとも申し立てに来たのではない。そんな噂が広まっているが、もしや米国人ではないか、と確かめに来たのだ」

「ではそのむね、この書面に記名を頂きたい。このような事情で、今日はもう裁断は続けられません」

「それは全く理に適わぬこと。被害を被《こうむ》ったアイヌたちの身にも、なってほしい。東洋では、遺骸はただの物体ではない。特に祖霊を敬うアイヌは、墓を乱されるなど、先祖へのとんでもない冒瀆《ぼうとく》行為にあたる。その方が盗み取った骨を、返却しないというのであれば、書面に記名など致しかねる」

「…………」

ワイスは言葉に詰まり、太った肩をすくめてみせた。

「好きにするがいい」

と小声で捨てゼリフを吐くや、何の挨拶もなく、いきなり席を蹴立てて出て行った。荒々しく開閉された扉の向こうから、誰かを呼びつけて声高に罵るワイスの声が洩れてくる。

人いきれでムンムンの室内は、しんとしていた。

小出奉行は咳払いし、冷静にトローンへの訊問を始めた。

「何のため落部村へ行ったのか」

「鳥を撃ちに行ったのです」

「その帰りをワイス領事が途中で出迎えたそうだが、それはどこか」

「亀田の先の七飯村でした」

「積んであった馬の荷物は何品あったか」

「行李《こうり》三つ、箱もの一つ、鉄砲二挺です」

「鉄砲は、袋に入れずに、馬につけておいたのか」

「雨に濡れては良くないので、二つとも包みました」

「その方の連れて行った小使は、誰の召使いか」

「英国政府です」

「ならば、領事に断りなく連れて行くことは出来ぬであろう」

「それは出来ません」

「領事が留守の時は？」

「事前に承諾をとります」

「つまり、領事は承知していたということだな」

このやりとりで、事件が、領事ぐるみだったと印象づけた。

「宿泊した村はどこか」

「十八日夜は峠下に泊まり、翌日は小沼、二十日は森という村で、二十一日は落部村で鳥を撃ち、その夜は森村に戻りました」

「ずいぶん遠方まで行ったようだが、十里四方を越える禁止地域だとは、気がつかなかったのか」

「途中で迷ったのです」

奉行は細かく質問してから、また鉄砲の話に戻った。

「出立の時、鉄砲の他に、丸く荷造りしたものがあったというが、それは何か」

そのしつこさにトローンは苛立ち、投げやりに肩をすくめた。

「鉄砲です。一つはむき出し、一つは筵《むしろ》で荷造りしてあったと思う」

「最前の話では、鉄砲は二挺とも梱包《こんぽう》したと申したではないか。それでは辻つまが合わない」

「いや、一挺はむき出しで、一挺は包んであったと申したはずだ」

トローンはいかにも腹立たしげに、銀髪を振り立て力説した。薄桃色の顔に点々とできている小アザが、この激昂で浮き上がり、額に汗が滲んだ。

「鳥を獲るのに、三人で二挺とは不都合ではないのか」

小出はあくまでも冷静に問う。

「それしか無かったからだ。交代で撃てばすむこと。いずれにせよ人骨など盗むわけがない。同じことばかり訊かれるのはたまらん、通事の稲本小四郎《いなもとこしろう》にすべて申してあるので、後はそちらに尋ねてもらいたい」

そこで稲本小四郎を呼んで糺すと、一行の出発時には、鉄砲一挺はむきだし、一挺は袋入りで、他に菰《こも》包みを一つ見たと証言した。

次に友蔵を呼び出して糺したところ、同じことを証言した。

この間に、英国商人二人がかわるがわる出て行き、訊問の内容をホワイトリーらに内通している様子が見え見えだった。

トローンの訊問を終え、入れ違いに席に戻ってきたワイスに向かって、小出奉行は言った。

「稲本小四郎と友蔵の両名は、鉄砲の他に梱包した長物があったと証言しており、トローンの申し立ては偽りである。つまり鍬《くわ》のようなものを、持参していたと考えられるのだ。この重大な証拠を、領事が糺さないとは何ごとか」

ワイスは赤鬼のように顔を上気させ、水を一杯呑んで言った。

「今は口書《くちがき》をとるところまでです」

この調子で小出奉行は、他の二人にも同じように事細かに訊問した。さらに庄太郎、長太郎が呼ばれた。

いずれの証言も微妙に食い違っており、小出奉行は微に入り細を穿《うが》った質問で、四人の偽証を浮き上がらせたのである。

「さて、以上の吟味で、トローンらの所業は明らかになったと思われる。あと一人、領事館小使の総右衛門《そうえもん》を証人として糺した上で、裁断にかかりたいと思う」

小出が言うと、立ち会いの三領事は大きく頷いて了解した。

ところがワイスが、太い首を忙しく振った。

「もう裁断など、とんでもない。口書を熟読してからのことですよ。それに時間も遅いことだし、総右衛門の呼び出しは出来かねます。次はいつにしますか」

ワイスはそばの書記官と何か囁き、さっさと日取りを決めた。

「次は四日後の、十一月一日でどうですか」

「左様であれば、十一月一日でやむを得まい」

小出奉行は嫌な予感がしたのだろう。少し首を傾げるようにして考えていたが、不承不承言った。

「ではその日、自分がまた領事方へ罷り越すことに致そう」

十月二十八日のこの長い訊問は、やっと終わったのである。

一同は、身じろぎ一つ出来ない息詰まる緊張から解かれた。

五稜郭までの帰途、馬の手綱を取って皆の後に続きながら、幸四郎は胸が一杯だった
日本人が対等に西洋人と渡り合い、ここまで理路整然と追いつめる場面を、見たことがなかった。これは、日本で初めてのことではあるまいか、と思った。

(これもまた戦《いくさ》だ)

外国人による侵害を、毅然と押し返した小出奉行の姿に、幸四郎は深い共感を覚えていた。内地では第二次の長州征伐が始まっており、その一方で列強の開国要求に迫られて、幕府は大揺れの状態だと伝わっている。

だが戦は内地だけではない。この箱館でも起こっている。ここは安閑としていられ

る場所ではなく、外国からの挑戦を受けて立つ前線基地なのだ。外国を拒んでいられる時代はとうに過ぎたのに、なお攘夷を叫ぶ後ろ向きの幕府であれば、もはや滅ぶしかないのではないか。

幕臣支倉幸四郎は、今は、そう思うのだった。

もう一つ幸四郎を感動させたのは、アイヌに対する小出奉行の、洞察に満ちた態度だった。もちろんそれは、こちらを劣等と見下して舐めてかかる英国人に対する、大和民族としての誇りからであろう。

だがそればかりではない。今の幕臣の中で、アイヌに差別感を持たず、公平に対処出来る者がどれだけいるだろう。松前藩などは、政策としてアイヌから言葉や農耕を奪い、動物並みに貶《おとし》めることで隷属させてきたのである。

だが小出奉行は明確にアイヌを同朋として扱い、安易な妥協案に耳を貸さぬ姿勢を貫いた。それは単に英国人に打ち返すための方便ではなく、深い人間洞察に依るものだろう。

かれは訴人のヘイジロウらが、このために貴重な労働の日々を空費し、かかる費用も自腹で負担していることを、誰より承知していた。だから一刻も早い解決を、急いだのである。

生え抜きの旗本である若い奉行が、そこまでの人間洞察をどこで身につけたのか、幸四郎は不思議だった。少年時代に小出家の養子となって、実の両親から引き離された体験が、弱い立ち場の者への想像力を培《つちか》ったものか。

いずれにせよ、この奉行の下でこの困難な状況を生きることが、今の幸四郎には有り難く、望外の幸運だと思い始めていた。

奉行所に着いてから、皆は口々に奉行の労をねぎらい、あの老獪なワイスを土俵際まで追いつめた手腕を讃えたが、小出奉行はいっこうに沈黙がちで、むしろ憂い顔だった。

幸四郎はその心中を推し測り、これですんなり終わるはずがない、と深い危機感を抱いていることを、直観した。

領事は今後、思いのほか手強い奉行に対し、死に物狂いでかかってくるだろう。植民地政策で身につけた悪知恵を駆使し、奥の手を使ってくるはずだ。今日の裁断を避けたのも、そのためだろう。

この時点ですでに小出奉行は、今後えんえん続くことになる悪夢のような泥試合を、予感していたのである。

果たして人骨はちゃんと返されるのだろうか。

幸四郎もまたそんな不安に身が引き締まる思いだったが、その危惧《きぐ》はすぐ、思わぬ形で現実となった。

五

「……支倉様ですね」

勝手口の戸を開け家に入ろうとした時、背後からそう呼びかけられた。

この五稜郭の北側に広がる界隈は、奉行所官吏の役宅が並ぶ屋敷町だが、幸四郎はここに女性の知り合いは一人もいない。

明日は吟味の日だったから、この前日にはすでに調べも一段落し、幸四郎は早めに帰宅していた。着替えもそこそこに、珍しく風邪で休んだウメの家に見舞いに行き、久しぶりに捨丸や太吉の様子を見て戻ったところだ。

振り返り、冷え冷えした夕闇に佇む女人を見て一瞬、ハッとした。

だがそれは小出奉行の妻女のお琴ではなく、お勝《かつ》という小出宅の女中頭だった。よくこの役宅の敷地内に用事で来るため、顔を合わせることが多く、いつの間にか顔見知りになっていた。とはいえ目礼するだけだから、先方が自分の名前を覚えているのは意外だった。

「まだ報せは聞いておられませんか」

お勝の言葉に、幸四郎は何ごとかと目を見開いた。

「何か？」

「いえ、先ほどお奉行様が奉行所から呼ばれて、出かけられましたよ。何かあったみたいです。私は別用で出て参ったのですが、お姿をお見かけしたので……」

そこへ中から磯六が顔を出し、お勝にぺこりと頭を下げた。

「旦那様、先ほど奉行所からお使いがあって、出庁せよとのことでした。すぐ戻られると仰せだったから、お待ちしておりました」

「何があったのか」

「さあ、そこまでは」

磯六は悠揚迫らず言った。

「急ぎ夕食をあがって出られるよう、支度をしてございますが」

「いや、すぐに出る」

「畏《かしこ》まりました」

磯六はすぐに引っ込み、幸四郎は振り返って、お勝に礼を言うと、

「あの、すみません。今のお方がお医者ですね」

「ああ、磯六は、漢方薬の研究ばかりで、医者とまでは……」

「いえ、その漢方薬で何か元気のつくお薬はないものかと、奥方様が仰っておられるものですから」

「奥方様は、お加減がどこか？」

「いえいえ、奥方様はどこもお悪くはないのです」

慌てて手を振って、微笑した。

「お奉行様の方ですよ、このところご苦労が多いようなので、何か精のつくものをと……あ、いえ、後でよろしいのですが」

「いや、せっかくだから、ちょっと磯六と話されよ」

すぐに幸四郎は戸を開けて、磯六を呼んだ。

自分は座敷に上がり、急ぎ身支度を整えた。

まだ勝手口で立ち話をしているお勝に軽く目礼し、冷えた夕闇の中を、小走りで奉行所に向かった。

奉行所にはすでに、何人かの役職が顔を揃えていた。

「盗掘が、別の村でも見つかったのだ」

幸四郎を見るや、組頭の橋本がそう囁いた。

「えっ、落部村だけではないのですか」

「森村もやられていたらしい」

これか、と思い当たる。ワイスが、幕引きを妙に急いだ原因がこれだった。新たな盗掘疑惑が持ち上がり、奉行所は色めきたっていた。

昨日、先に落部村に入った下役が、新たな証人を見つけ出して連れ帰っていた。墓荒らしの現場を目撃したという落部村の二人で、その調べはもうすんだ。

だが今日の昼過ぎ、遅れて二人の証人が出頭してきた。

異人らが落部村で休憩した旅籠と、森村で宿泊した旅籠の主人である。

かれらにはすでに現地で一度、話を聞き、今日はさらに老練な調役が居残って聴取していたのだが、調べを進めるうち、途中で奇妙な証言が飛び出したという。

三人の異人は、一月《ひとつき》前にも落部村に来ていると。

すでにそのことを役人が承知しているものと思い込み、前回の落部村調査の時、あえて言わなかったらしい。

この異人三人は一体、何をしに一月前に現地を訪れたのか、と新たに問題になった。

もう一つ、奉行所側で見落としていたことがある。

二十一日、三人は落部村で休憩しているが、そこに長太郎の姿はなかったという。だがこの小使は十八日に一緒に箱館を出発し、二十四日には共に帰箱している。落部に行かなかった長太郎は、その間、どこで何をしていたのか。最初の訊問で、長太郎は、自分は森村までお伴しただけで落部村には行っていない、と答えている。小出奉行がそれを糾そうとした時、トローンが騒いだため、そのままになっていた。

驚いた調役はそれらのことを、すでに退庁した小出奉行に報告した。事態を重く見た奉行の判断で、役職以上に招集がかかったのだ。

証人から話を聞いた小出奉行は、急ぎ新たな調査隊を森村に送り込んだ。森村までは、海沿いの道を馬で駆けても、二日がかりである。その調査の結果は、明日十一月一日の吟味には到底間に合わない。

だが全容が明らかになるまで、吟味を進めるわけにはいくまい。

奉行はすぐに、英国領事宛に書状を書き、病いと偽って吟味の延期を申し入れた。

調査隊は三日後の十一月三日に戻ってきた。

その報告によれば……。

十月に、落部村まで案内役をつとめた小使長太郎は、森村の旅籠源之助《げんのすけ》方に宿泊しており、皆が落部に出かけた二十一日は、一人どこかへ出かけていったという。

この源之助の話では、一か月前の九月十三日にも、異人が三人と日本人一人が宿泊し、裏山に狐狩りに出かけた。かれらは菰で包んだ狐を大事そうに持ち帰ったと。

ただちに役人が裏山に急行したところ、そこのアイヌ墓所が暴かれていた。村人の立ち会いで明らかになったのは、三体の人骨が紛失していたことだった。

どうやら長太郎はその一か月前の狼藉の跡を見て廻り、ばれぬよう隠蔽《いんぺい》工作でもしていたらしい。

奉行所内は大変な騒ぎになっていた。

全員で手分けして、対応に追われた。

イギリス人の悪業は、果たしてこれですべてなのか。もっと他に荒らされた墓所はないか。アイヌ集落のすべてに触れを出す必要が生じたのである。

問題は、先のその三体の人骨はどこに運ばれ、今回の十三体はどこに隠されているかである。

この一か月で、箱館英国船はなかったか。

そうした捜査れる一方で、幸四郎らは、何度めかの証人の聞き取りに追われていた。

一回だけの調べでは出てこない証言が、次々と出始めたからである。

こうして帰宅がまた、連日遅くなった。

六

慶応元年十一月六日。

雪の降る寒い朝だった。

奉行小出大和守は、組頭勤方山村惣三郎《やまむらそうざぶろう》、調役河井弥次右衛門《かわいやじえもん》、支倉幸四郎ら数人と通事を従え、英国領事館に赴いた。

前日、領事ワイスより、裁断前に面会したいむね書かれた書状が届いたのである。

ちょうど再吟味の準備が整ったところだったから、ただちに行動を起こした。

新たに、強力な三人の証人を引き連れていた。

先方に顔を揃えていたのは、領事ワイス、書記官インスリー、同じく書記のロベルソン、通事。今回の助役《すけやく》としては、ポルトガル領事ハウル、英国商人マルがいた。
互いににこやかな挨拶で始まったが、それが終わると、ワイスは奇妙なことを言い出したのである。

先日の裁断の結果を、江戸のパークス英公使に申し立て、今はその指図を待っているところだ、裁断書はもう締め切ったが、もし奉行方に証人がいるなら、よく吟味して、その口書を公使に差し出すのは構わない……と。

何を言っているのかよく呑み込めず、奉行が再三その説明を問うたが、その度にコンニャク問答めいた答えが返ってくる。

「公使に申し立てるといたずらに時間がかかる。こちらは早めに解決したいが、領事だけでは決め難いということか」

「はい、助役のハウルとマルが、トローンらを罪人とすることに不同意なので、罰し方を取り計らいかね、やむを得ず申し立てるのです」

「しかし罪人はすでに明らかではないか。なお不明の点は吟味すれば分かること。重罪だから領事の権限では手に余り、公使の指図を仰ぐというのなら話は分かるが。そもそも、裁断[illegible]今日面会したいと申し越されたのはどういうことか」

「助役ご両人が不同[illegible]ので、公使に申し立てており、同じことを奉行所の方々にも申し立てではどうかと、お目通り願ったのです」

回りくどい言い方である。

「ならば、いま一度、証人と突き合わせて吟味の上、助役の不同意の点を承りたい」

「それは結構ですが、一度糺した者に、再度の吟味は遠慮願いたい」

「しかし、過日糺さなかったことは、今日訊ねることにする」

「前に吟味した者を再度糺すのは、国法にないことです。それに裁断書はもう締め切っています」

ポルトガル領事ハウルが言った。

「そんな馬鹿なことがあるものか」

「裁断はこれからだ」

これまで静かだった日本側立ち会いから、口々に怒りの声が上がり、室内には一触即発の殺気だった空気がたちこめた。

要するに、ワイスはすでに二十八日段階で裁断を打ち切り、事件は解決したと言いたいのだ。治外法権を振りかざして、日本側の糾明を封じ込め、強引に決着させようとしている。

典型的な植民地の流儀である。

静まるのを待って、小出奉行が抗議口調で言った。

「先だっては、裁断が終わったなどと、申してはおらぬ。遅くなったから、小使総右衛門を糺さずに引き上げたのだ」

「しかし先日は、この外に証人はいないと聞きました。小使については確かに夜分で致し方なかったが、明日にでも糺すという話が、もう数日もたっており、今日になって証人を糺すなど、英国の法にはないことです」

ハウルが言った。日本側はざわめいた。

「あの日はもう遅いからと領事が申し出たためであり、裁断の延期は、自分の体調不良のためである。それは書面で連絡し、領事も了承済みのこと。それを理由に、もはや裁断には及ばないなどとは、とうてい納得致しかねる」

奉行はきっぱりと言った。

「今日はさらに証人を三人連れてきており、総右衛門と併せて、いま一度トローン外二名を吟味し、罪状を明らかにしたいとまかり越したのである」

「召し連れて来た者を糺すのはいいが、トローンら英国人については、もう訊問は締め切りました」

「前に抜け落ちている点があるので、それをぜひ糺したい」

「裁断に関わることは、二十八日で終わっているのです」

「しかし充分吟味を重ねた上で、公使に申し立てるべきでござろう。新たに糺すべきことがあるから、ここで糺したい」

「三人については、この上何を糺しても書き加えはしませんよ」

「とにかく、糺したい」

怒りのためか、日頃浅黒い奉行の顔が、白っぽく見えている。ワイスは肉付きのいい肩をすくめ、仕方ないというそぶりをした。

強硬な奉行の指図で、落部村の旅籠主人の庄六《しょうろく》、トローン、ケミッシュ、ホワイトリーが出て来た。

「その方宅で、先月二十二日に、外国人が休息したそうだが、その外国人はこの中におるか」

小出はおもむろに糺した。

「はい、この人です」

庄六は臆しながらも、はっきりとトローンを指さした。

「では、トローンと二人に尋ねるが……」

小出がトローンに向かって言いかけた時、

「ノーノー」

とワイスが人さし指を振り、顔を真っ赤にして大声で割り込んだ。

「訊問はなりません。もはや裁断書は締め切ってあります」

「糺したことは、口書に加えるのではないのか」

「それもなりません。今日はもう終わりです。日本人の証人に尋ねるなら、運上所で糾してもらいたい」

「貴公の話を聞いておれば、矛盾だらけではないか。証人がトローンに相違ないと申し立てたら、にわかに態度が変わって運上所で糺すべきだなど、話の筋がまるで通らない」

「何と言われても、書類は締め切ったのです」

ワイスは、もはや恥も外聞もなく、理性さえ感じさせないがむしゃらさで、横車を押してくる。

まさにドロ沼状態だったが、小出奉行はひるまなかった。

「こちらが健康上の都合で吟味を延期し、了解を得たことであるのに、それを理由に裁断を打ち切り、もう書類の書き換えも出来ぬとは、甚だ筋が通らぬことだ。英国の法を承りたい」

「………」

絶句したワイスを庇《かば》うように、助役のポルトガル領事ハウルが、細い顔にかかった眼鏡をずり上げつつ割って入った。

「私はお国の法を心得ませんが、裁断は何度致してもいいのですか。いったん証人はいないと言っておきながら、また証人を召し連れてくるなど、それがお国の法なのですか。申し上げた通り、書類は領事の権限で締め切ったのであり、後は公使の指図があるまでは致し方ありません」

英国領事の権限の方が強いのだ、と言わんばかりのハウルは、明らかに不平等条約に立っていた。

「その時点では、他に証人がいなかっただけのこと」

小出奉行が食い下がった。

「しかしながら、今日召し連れた証人と、トローンの吟味をとくと突き合わせれば、罪状は明白で、わざわざ公使に申し立てる必要など全くない」

「もう締め切ったこと、公使の指図を仰ぐしかありません」

ハウルの強権発動に、日本側は再び騒然となった。

「では、申し上げる」

静まるのを待って、奉行が言った。

「奉行所に新たな訴えがあった。さる九月十三日、森村のアイヌ墳墓でも人骨が持ち去られていたと。この犯人も落部を荒らした三人と思うので、それについてこれから糾したい」

「その裁断は別にすべきです」

すかさずハウルが受けた。

「いや、同じことなので、別にする必要はないと思うが」

「そのことは英国公使へお達しの上、別に裁断したい」

ほとんどハウルは命令口調だった。

だが、小出は譲らない。

「充分に吟味した上で書類を打ち切ったのならとにかく、過日は糺し落とした点もあり、確かな証人も見つけ出している。それを裁断は済んだなどと言い張り、吟味もさせないなど、こんな決まりが大英帝国の法にあるわけがない」

「ともかく公使に申し立て、指図があってから新たに裁断したい」

ワイスはその一点張りである。

「いや、今、糺すべきである。召し連れた証人と、トローンら三人をただちに吟味し、それぞれの筆記を突き合わせたい。これをしない限り口書は不完全です」

「いかように言われても、公使の指図がないうちは致し方がない」

あくまで言い張られ、ついに小出奉行は言葉をとぎらせた。

「それほど言うなら是非もないが……」

幸四郎は気が気ではなかった。磯六が特製の滋養薬を届けたようだったが、効き目はなかったのか。

ここまで追い込んだのに、今を外しては逃げられる。相手は想像以上に狡猾である上、なりふり構わなかった。筋が通ろうと通るまいと、強権を楯にゴリ押ししてくる。このままでは、公使の指図を理由に押し切られるに違いない。

「しかし連れてきた証人もおることだし、日本人小使を糺したい」

小出奉行は諦めずに言った。

「領事館で不都合ならば、場所を移しても構わない。であれば、ただ今よりワイス領事と、助役のハウルとマルのご両人を、運上所に呼び出したい」

「承知しました」

やっと小出の譲歩を取り付けて、ワイスの顔に安堵が滲んだ。

「先に申したように裁断はすんでいますが、口書を書き取るために書記官を遣わします」

一同はこれをもって、領事館を引き払った。

つまりもうトローンら英国人への訊問は、不可能になったのだ。これ以後は日本人を糺すのみ、という現状に、幸四郎らは絶望した。

吟味は締め切られ、トローンら当事者への質問が封じられては、これ以上、小出奉行はどう戦えるのか。その無表情な顔を見ていると、もはや逆転の秘策があるとも思えなかった。

七

運上所は、基坂を下ったすぐ角にある。

領事館に出席した全員が、小出大和守に従ってそちらに移った。

相手方は英国領事ワイス、書記官ロベルソン、ポルトガル領事ハウル、英国商人マルである。

しばしの前置きの後、旅籠主人の庄六がまかり出た。

「私は漁業の合間に、旅籠渡世を致しております」

庄六は話しだした。

さる十月二十一日、昼頃、外国人三人が来たので、言われるまま酒と五枡芋《ごしよいも》（馬鈴薯）を焚いて出した。食事の後、三人は鴨撃ちに出かけた。間もなく日本人が荷馬車を引いて来て、鉄砲、柳行李、菰包み一つを下ろして行った。菰包みは長さ四尺で、直径六寸くらいだった。

……等々、庄六は、奉行の繰り出す細かい質問によく答えた。

「外国人がアイヌの骨を掘り取ったと、誰から聞いたか」

「あの日の夕方、トリキサンら二人のアイヌが来て、なぜ外国人を泊め、盗掘の手引きをしたかと責められたのです。全く覚えのないことで、驚きました。三人は前にも鳥を撃ちに来ていたので、今度もそうだろうと、全く疑わなかったのです」

どよめきが走った。

ワイス領事はすぐに小使の庄太郎、長太郎、兼太郎《けんたろう》の三人を呼び出し、この中に落部で見た者がいるか、と問うた。

すると庄六は庄太郎を名指した。

庄六の訊問が終わると、久助《きゆうすけ》が出て来た。

根掘り葉掘りの奉行の質問に、久助はよどみなく答えた。

かれは外国人の姿を見かけたので、後をついて行って、アイヌの墓所を掘り返すのを、目撃したという。

この場で墓地の様子を略図に書いて、退席した。

次は岩吉《いわきち》だった。

岩吉は薪《たきぎ》をとりに山へ入って、外国人の姿を見かけた。一人が墓を掘り、一人が鉄砲を持って見回りし、一人は近くの小高い所に腰を下ろし、日本人は鉄砲なしで見張っていた……等々、目撃した一部始終を明確に語った。

「以上のような次第で、トローンら三人が骨を盗んだことは、もはや間違いのない事実だ。であれば領事の権限で罪を決め、公使への申し立てを撤回し、すみやかに掘り捕った人骨を返してもらいたい」

小出奉行が迫る。

「国法では、再吟味しないことになっています」

ハウルが突っぱねた。

「しかしこれは間違いない事実であり、いま一度裁断し、こちらで解決すべきではないのか」

「過日の談判の時に、この証人らを差し出しておれば別ですが、あれから数日経過しているので、取り扱いかねるのです」

勝手な言い草だ、と日本側から口々に怒りの声が飛んだ。

すると小出奉行が言い出した。

「何を申しても、国法と言われるのであれば、外国人三人の吟味は致し方ない。しかしそうであれば、庄太郎と長太郎は日本人なのだから、日本国の国法をもって罰すべきだろう。よって二人はただ今より、身柄を当方へ預かることに致す」

「それはおかしい」

ハウルが慌てたように声を上げた。

「骨を掘り取ったのは外国人であり、日本人には関係ないことです」

だが奉行は首を振った。

「とにかく預かって、代わりの者を差し遣わす」

「外国人のためにしたことで、罪もない日本人を罰するのは、筋が通りませんよ」

「引合人を預かるのは国法にあることだ」

「身柄を預かってどうするのですか」

「公使より沙汰のあるまで、当方に留置する」

「筋ではないと思うが」

ワイスが机を叩いて言い立てた。

「とにかく預かる」

「外国人のためにしたことで、日本人が罰せられては、誰も協力してくれません。その措置は適当ではないと思われます」

「どう思おうと、日本人は日本の国法どおりに扱うことにする」

「庄太郎に罪はないから、捕縛はやり過ぎではないですか」

「とにかく預かる。一件落着まで、両名に入牢を申しつける」

火花の散るやりとりだった。

幸四郎は息を詰めて見守った。一歩も譲らぬ小出の強硬さもさることながら、ワイス方の庄太郎への執着は、尋常ではなかった。

小使はよほど深く関わっているのでは、と誰もが思った。ワイスは、小使が訊問を受けて機密を白状することを恐れている。その機密とは、人骨の隠し場所に違いない。

それを見越して、小出は庄太郎を押さえたのだ。何につけ英国法を持ち出す相手に、日本国法で一矢報いた小出の機転である。

どう見ても、小出奉行の方がワイスより数段上だった。

ついにワイスが折れざるを得なかった。

「ではそのむね、書面で遣わしてください」

「承知致した、この席ですぐ認《したた》めよう」

小出奉行が言った。

空気が動いたのは、この時である。

領事ワイスが身を屈めるようにして、書記官ロベルソンに何やら囁いたようだ。すると長身のロベルソンがやおら立ち上がり、急ぎ足で部屋を出て行った。幸四郎を初め奉行側は、小使庄太郎を呼びに行ったのだろう、と一瞬勘違いした。

だが別室から、日本語で叫び声が起こった。

逃げた……と聞こえた。

出口近くの末席にいた幸四郎は、かっと頭に血が上る思いで真っ先に部屋を飛び出した。

刀は会議室に入る時に預けており、丸腰だった。

「庄太郎が逃げたぞ！」

そんな声が耳に届いた。

「追え、追うんだ！」

幸四郎は走り出て、二階の手摺から身を乗り出し、下の出口附近にいた警固の足軽に向かって叫んだ。

「その者を捕まえろ！」

足軽はすぐに追いかけて、戸外に飛び出した。

幸四郎もまた階段を駆け下りて後を追ったのだが、若い庄太郎は足が速く、懸命に基坂を駆け上がって逃げて行く。領事館に逃げ込もうとしているのが分かった。だが領事館が目の前に迫った所で、足軽が追いついた。その時、思いも寄らぬ光景が展開したのである。

大柄な英国人数人が、領事館からバラバラ飛び出してきた。かれらはサーベルを振り回し、或いは鉄砲を構えて、足軽に襲いかかった。トローン、ケミッシュと、警備員らしい。

小柄な足軽はたちまち押さえられ、サーベルの背や鉄砲の台尻でしたたか打擲《ちょうちゃく》された。だが巧みに大男の股の間をかいくぐり、一目散に、近くまで迫っていた幸四郎の方へ逃げてきた。

幸四郎は、とっさの判断で刀を鞘から抜き払い、大上段に構えた。運上所を飛び出す時、玄関にうろうろしていた警固の役人から奪ってきたものだ。

ここは抜くべきだと判断した。相手が武器を振りかざしている以上、こちらも武器で立ち向かって当然だと。

だが抜き身を振りかざし、形相も険しく立ち向かってきたサムライを見て、三人は驚愕《きょうがく》した。切腹覚悟の幸四郎とは違い、かれらは武器を構えることに覚悟などない。足軽を追い散らそうと、気軽にサーベルを振り回しただけなのだ。

幸四郎がじりじりすり足で進み出ると、ヒヤッというような奇声を発して、一斉に領事館に逃げ込んだ。


先に逃げ帰った足軽が、この一部始終を、心配して室外に出て来ていた調役らに伝え、調役はただちに戻って奉行に事態を報告した。

「……あの者らは、自ら罪人と名乗り出たようなもの。罪状のない者が、小使を逃がしたり、乱暴を働いたりするはずがない」

話を聞いた小出奉行は、ここぞとばかり鋭く言った。

「このような所業に及ぶのは、当方を侮ってのことであろう。これまでは堪忍してきたが、こんな無法が続くのであれば、いずれ血を見るかもしれない。血気盛んな若い者や、怒って結集しているアイヌらを、もはや押さえることは不可能である」

「それはよろしくない」

　度肝を抜かれたらしく、ハウルが声を震わせた。生麦事件で発揮されたサムライの〝蛮勇〟が、頭をよぎったのだろう。

　奉行が表情を和らげて頷いた。

「なるべくなら、穏便な談判にしたいものだが」

「確かに今日は証人もあり、三人の者が掘り取ったのは、よく分かりました」

　ハウルが細い顔を頷かせ、同意を求めるようにワイスに言った。

「悪事をしていないことには、小使も逃げないだろうし、トローンらも助けはしないだろう」

「そう思います」

　ワイスがついに頷くと、小出奉行が追い打ちをかけた。

「トローンほか二人は、入牢させた方がよいと思うが」

「これから帰って、武器を取り上げます」

「武器などまた手に入れられるから、入牢させるべきだ」

「禁足を申しつけてあるので、入牢には及ばない」

「禁足中にこのような不法を行ったのだから、なおさら入牢は当然でござろう」

「英国の法にはそのようなことはないのです」

「しかしわが国の人間に鉄砲を向けた以上、入牢が筋であろう」

「なおこの上、その様なことがあれば入牢を申しつけます」

「そう承知した上は、あの墓荒らしの件も、ハウルとマルご両人の立ち会いで、領事の権限で罰することが出来ないものか。いま一度、裁断致すわけには参らぬか」

「もちろん今度の行いは、私限りで罰せられます。足軽衆を鉄砲で打擲した一件は、今夜にも罰します。しかし人骨の一件は、書類を締め切ったので、公使へ申し立てます」

ワイスは首を振り、あくまでも言い張るのだった。

「だが何度も申すようだが、この一件は、わざわざ江戸に申し立てるまでもないこと。貴公が罰すればすむはずだ」

小出奉行は何としても、相手の時間稼ぎを食い止めたかったのだ。

「ですが、そうはいかないのです」

「当方は、江戸の公使の返事を待ってはおられぬ。罪なくして神聖な墓を暴かれたアイヌに、早く骨を返して安心させてやりたい」

奉行は言葉をとぎらせた。続く言葉を、幸四郎は息を詰めて待った。

「当方がさらに案じるのは、港に英国船が入っていることだ。もし秘かに積み込んで出帆されては、手の打ち様がない。これ以上の問題が生じぬうちに、すみやかに骨を返してもらいたい」

「積み出しなど絶対あり得ないから、紛失することはありません」

そんな押問答をしているところへ、のっぽのロベルソンが現れて庄太郎が逃亡して姿が見当たらない、と肩をすくめて訴えた。

日本側はざめきたち、小出奉行の指示で、同行していた定役と目付らが飛び出して行った。

だが間もなく戻り、見当たらないと悔しげに報告した。

八

奉行以下の面々は、運上所から亀田村まで馬で一気に駆け戻った。

カッヘルのある溜りの間で冷えた身体を暖めながら、誰もがしばし呆然として言葉もなかった。

このようなあり得べからざる行為が、白昼、英国領事の了解のもとまかり通っているのである。

いつか小出奉行が言ったことを、幸四郎は思い出していた。連中は生肉をくらい、赤い酒を呑んでいる。日本人とは、どこからどこまで違っているのだ、と。

この泥沼は、一体どこまで続くのか。晴れて人骨が返される日は来るのだろうか。

「この事件は、国がらみの陰謀である」

小出奉行は前からそう公言していたが、疑う余地などなかった。

今はもう、イギリス人のアイヌ墳墓盗掘の目的は、すでに一般に広まっている。入港する外国船の船員や商人らが次々と情報を持ち込んだから、ワイスらは隠しようがなかった。

それによると、イギリス博物学者の間では、アイヌ人骨は学術的な関心の的になっているという。というのも数年前に箱館に寄港した、英海軍艦長フォーベストが、アイヌ男性を見て驚いたという。

体格が大きく、肌は白く、彫りが深く、西欧の人種とそっくりだったから、アイヌは白人ではないかと疑った。

アイヌ人骨は商売になると考えたフォーベストは、人に頼んで秘かに頭蓋骨を手に入れ、ロンドンに持ち帰ったのである。

頭蓋骨は万国地理学会で取り上げられ、アイヌ白人説はたちまち学会の話題をさらった。人類学者や博物学者、それに大英博物館がアイヌ人骨をほしがるようになった。それを政府が支援することになり、若い博物学者ホワイトリーが選ばれたのである。

ワイスが強引に裁断を打ち切って、パークス公使への申し立てを言い張るのは、公使も同腹だったからに違いない。公使がグルなら、国家もグルといえるだろう。

実は小出大和守は、このパークスと、この夏に会っているのだ。

かれは今年五月に公使として江戸に着任したが、その直後、ホワイトリーを引き連れて、船で箱館を訪れたのである。

その時、領事ワイスを伴って五稜郭の奉行所で小出奉行に目通りし、蝦夷地を視察したいと申し入れた。

その会見の末座には幸四郎も列席していたから、その時のパークス公使の、頰髭をはやした中高な鋭い顔付きは、今も目に焼き付いている。

さすがの小出奉行も、英国公使による蝦夷視察に、何らかの下心があるとは思い至らなかっただろう。視察を快く許可し、奉行所から英語の分かる役人を二人、案内役として同行させた。もちろん案内役とは、見張り役でもあったのだが。

この視察は室蘭まで七日間の日程で行われ、ワイス、ホワイトリーらが同行し、艦は途中の港々に寄港し、アイヌ集落に立ち寄った。

後に二人の案内役の報告によると、視察団はアイヌにことのほか興味を示し、かれらと接する時間が多かったという。

また、アイヌの人骨が手に入らぬものか、と冗談のように尋ねたともいうのだ。

「何に使うのですか」

と驚いて問うと、

「学術と、医学のためだ」

と答えたという。

それから二か月そこそこで盗掘事件が起こった時、小出はこの視察と符合する多くの点に気づいただろう。公使が領事を引き連れたあの旅こそ、この事件の発端だったと今にして思い当たる。ただ学術への貢献は結果であって、かれらの目的は金である。

ホワイトリーは、以来ずっと客員として箱館に居残り、ワイスらと人骨入手の方法に知恵を絞っていたと思われる。

あの時点で英国人の邪悪な意図を見抜くのは、神ならぬ身では不可能だろう。だが小出奉行は、事件が明るみに出てすべてを悟り、連中の周到な企みを、我が落度として自責しているかもしれない。

幸四郎は帰路、そんな想像を巡らしていた。

「支倉が刀を抜いたことで連中は引いたが……」

カッヘルを囲みながら、年配の調役が言った。

「斬り合いにならなくて実に良かった。もし死人でも出たら、生麦に次いで蛮族サムライの悪名は高くなる」

「そうそう、われらは皆怒り心頭だし、お奉行は後に引かぬお方だから、薩英戦争ならぬ箱英戦争になったかもしれんぞ」

どっと笑い声が起こったのは、そうはならなかった余裕だろう。

幸四郎は赤くなって弁解した。

「刀はあくまで脅しだったのが、異人どもを見るとつい振りかざしてしまい……抵抗してきたら、危ないところでした。ご心配かけて申し訳ありません」

「いや、謝ることはない」

背後から声がしたので、皆ギョッと竦みあがり、振り返った。

小出奉行だった。奉行は、町方《まちかた》掛の詰所で手配を済ませ、執務室に戻る途中、溜りの間でカッヘルを囲んで賑やかに談笑する声に引かれ、ふと足を向けたらしい。

「今日は皆、遅くまでご苦労であった」

とまずは労《ねぎら》い、両手をこすり合わせながら、輪に加わった。

「考えてもみよ。あの時、支倉が抜かなければ、提灯持ちのハウルを押さえきれなかった。いずれ血を見ることになろう、というあの脅し文句は、支倉が抜いたと聞いて浮かんだのだ」

「いや、あれが効きましたな」

橋本が言うと、小出奉行は笑って頷いた。

「庄太郎が逃げて行方不明というが、怪しいものだ」

「行方不明などではありませんよ、領事がどこかに匿ってるに決まってます。あの時だって、逃げるよう指示したのはワイスですから」

「だろうな。あの小使は、人骨のありかを承知しておる。捕まえさえすれば、吐かせられるのだが」

「であれば、消されるかもしれません。ワイスは何をするか分からぬ、イギリス人ならではの獰猛《どうもう》な男です」

その言葉に、皆は怒りをたぎらせて口々に言い合った。

「そうなっては大変だ。庄太郎が唯一の突破口だから」

「何としても見つけ出さねば……」

もはや一刻の猶予もない。

その夜から町方掛が動き、必死の探索が始まった。

その夜、五つ（八時）過ぎに帰宅すると、囲炉裏の間にロシア通事見習いの志賀浦太郎が待っていた。

幸四郎があらかじめ呼んでおいたのである。

留学を取り消されるという失態を演じて以来、浦太郎は幸四郎に心服して、親しく酒の相伴《しょうばん》をする仲になっていた。

前と感じが違うのは、男前のその顔に眼鏡をかけたため、幾らか苦み走った雰囲気が醸されたことである。

「やあ、待たせたな」

幸四郎は着替えるとすぐに囲炉裏端に座り込み、火をかき熾した。

「どうでしたか、ワイスは」

「いやはや、タヌキとキツネをこき混ぜたような奴だ。仮に〝不誠実〟を絵に描けば、ワイスの顔になろうな。いや、いい勉強をさせてもらった。おれも二十何年生きて来たが、あんな人物は見たことがない。あの男が、あの好漢ブラキストンと同じイギリス人と思うと、驚くばかりだ」

与一が運んできた酒を差しつ差されつしながら、幸四郎は言った。

「今日おぬしに来てもらったのも、他ではない。あのワイス相手では、お奉行も気の毒だ。何とかわれわれの手で一刻も早く庄太郎を探し出し、ワイスの鼻を明かしてやりたいと思うのだ」

幸四郎は、先ほど英国人を斬りそうになったいきさつを話した。

「ほう、やりましたか。それは抜いてしかるべき状況ですばい。ばってん小使はもう消されたのではなかですか」

「いや、公使の指示がなければ、ワイスは何もやれない男だ」

「どこかに匿ってるにしても、奉行所の力の及ばぬ番外地でしょう」

外国船の中や、外人居留地を捜索するには、いちいち領事の許可がいる。ぐずぐずしていると場所を移されてしまう恐れがある。

「ところが、一つ考えたことがある。それでロシア通の志賀に来てもらったようなわけだが」

幸四郎は盃を口に運んで、言った。

「帰りの馬上でつらつら考えた。最も怪しくない所はどこかと」

「……今のところ、この件に無関係なのはロシアですよね」

意外そうに志賀は眼鏡をずり上げた。

「それだよ、志賀。世間的に最も怪しくない所は、ロシア関係だ。今の領事はまだ新任だから、今回の事件の助役も頼まれていない。縁がないから、捜索の手はまず及ぶまい」

「なるほど」

「ところがわれわれの側からすれば、最も怪しいのがロシアだ。去年の密航事件では、ロシア教会が新島某を匿まっている。この夏の例の美人局《つつもたせ》騒動でも、ロシアを背景にしてコトが仕組まれた。何故か知らんが、大抵の陰謀にはロシアが絡んでるな」

幸四郎は囲炉裏に薪を放り込み、煙そうに目を細めて言った。

「で、ロシア教会かロシア病院を探したらどうだろう、と思った次第だ」

「言われてみれば確かに、ロシアの教会と病院は怪しい場所に違いなか。真っ先に探すべき所かもしれんとです」

「おぬしもそう思うか」

「特に病院はいろいろな人間が出入りしますけん、ですが、人を匿うぐらい簡単ではなかですか。新領事のビューツォフは、まだ箱館では影が薄いばってんなかなか癖のある人物と聞きますよ」

志賀は頷いて言った。

前任者のゴシケヴィッチは、箱館の開港時に初代ロシア領事として赴任し、七年間箱館に在留した。その間、ハリストス正教会を建てたり留学生を送り出して、大きな功績があった。

その後に赴任したせいか、ビューツォフはいま一つ、諸外国の領事からの評価が固まらない。その溝を埋めるために英国領事に協力した、と想像できないこともない。

「ま、あくまで想像ですが、ゴシケヴィッチの存在が大きかっただけに、焦りもあるかもしれんとです。教会より病院の方が、探ってみる価値があるのでは？」

ちなみにロシア病院とは――。

大工町（元町《もとまち》）のハリストス正教会の東隣りに、文久三年（一八六三）、ロシア人船員のための海軍病院として開院した。

それは一般市民にも開かれ、貧富の差をつけず、薬代のみの実費で治療費は無料という施療院の側面があった。

眼病で入院した経験のある新島襄によれば、外来の診療室の他に病室が十二、ベッド数六十六床ある本格的なもので、医療水準は高く、設備も整っていた。入院すれば食事には肉や鶏卵が出たし、病人が逍遥できる広い庭には花園があって、この時代の日本ではほとんど唯一の、先進的な医療機関だったと讃えている。

特にゴシケヴィッチと共に、安政の開港時から着任した軍医アルブレヒトは、名医として人気が高く、進んだ西洋医学のおかげで万病がよく治る、とたいそう評判が良かった。箱館、松前ばかりか、江戸からも病者がやって来た。

このロシア病院と競って建てられたのが、箱館医学所だが、はるかに及ばず、日本人医師はアルブレヒトに治療の教えを請うている。

しかしかれはその人気ゆえ同僚の嫉妬を買い、間もなく離任した。

病院も慶応二年に焼失し、光芒を放ったのはわずか三年だった。

「おれが入院すればよいのだが、あいにく丈夫だしその暇もない」

幸四郎は言った。

「奉行所にも、入院している役人はおらぬようだ。そこでどうだろう。病院の中に誰か、無理を頼めるような知り合いはおらぬか」

「ロシア通で食っているこの志賀に、一人や二人の手下《てか》がおらんでどうします」

志賀から心強い返事が返ってきた。

「あの病院には、ロシア語の手ほどきをしている日本人職員が、三人います。その一人は、これまでも何かと融通を利かせておるけん、多少の無理も頼めるばい。この件はぜひ志賀にお任せください。明日一番にも当たってみます」

翌々日の八日。朝から奉行所は慌ただしい空気に包まれていた。

幸四郎の進言によって、町方掛がロシア病院を囲むことになったのである。というのも志賀の依頼を受けた病院職員が、耳よりの情報をもたらしたのだ。

第一報を寄せてきたのは昨七日の夕方だった。

「隅々まで見回ったが、特に変わったことはない」

というそっけないものだった。

だが今朝になって、第二報が届いたのだ。

「第一報取り消し。異変あり」

夜間にだけ働く夜警が、つい最近雇われたばかりの新人だという新たな情報を摑んだ。風貌を聞いてみると、手配中の人相書きによく似ていた。

そこで昨夜は口実を作って夜勤を申し出て、何とかその男の顔を見ることが出来た。男は三十前後で、体格が良く、眉の下にホクロがあった。庄太郎に間違いない。男は病院の職員寮に寝泊まりしており、夜だけ働いている、と門衛から聞き込んだ。

定刻に出庁した小出奉行は、報告を聞き、ただちに大勢の町方掛を手配し、病院と寮の出入り口を秘かに監視させた。

一方、ロシア領事ビューツォフ方に、支配組頭の橋本を差し向け、庄太郎の身柄を引き渡すよう、交渉させたのである。

ロシア領事は驚き、調査のために一日の猶予を申し出た。

領事が関与していたかどうかは不明だが、庄太郎は翌十一月九日、ロシア病院で身柄を奉行側に引き渡されたのである。

庄太郎は入牢し、すぐにも奉行の訊問を受けた。ロシア病院には自分の意志で夜勤に雇われた、と弁明した。

落部村と森村におけるアイヌ墳墓盗掘事件については、すべてに自分が関係している、と包み隠さず白状したのである。

これで事件は大きく解決に向かった……かに見えた。

だが、一筋縄で治まる相手ではなかったのだ。

九

翌十日、奉行は人骨の返還を厳しく迫った。庄太郎の証言と、トローンらの暴行事件がもはや動かぬ証拠だった。

だが骨はいっこうに戻って来ない。

それどころか十一月十一日、領事は書記インスリーを使いに立て、新たに庄太郎の釈放を、要求してきたのである。

「庄太郎は無実なので放免してほしい。それさえ実行されれば、人骨を返すよう計らいたい」

ここに及んでなお抵抗の姿勢を見せる英国領事を、奉行所の一同は心底怪しんだ。

それは一筋縄ではいかぬ、というような域を越えて、不気味でさえある。

一小使の冤罪《えんざい》に心砕く親切者が、二つの村に及ぶアイヌの大迷惑に心馳せないのは、いかにも噴飯ものではないか。

今度は何を企んでいるのだ、と皆は逆に怪しんだ。

「庄太郎を放免するわけにはいかない」

と小出奉行は突っぱね、十二日、書状で次のように申し送った。

「確かに庄太郎は、トローンらの命令に従って悪事を行った。だがわが国法では、これを無罪とは看做《みな》さない。庄太郎の身を案じてくれる貴下らのご厚意には深謝するが、その心をもって、墳墓を荒らされたアイヌの憂感悲哀にも思いを致し、一日も早く人骨を返還されることを望む」

アイヌの人骨はなお帰らぬまま、太陽暦では新年を迎え、談判は一時中断された。

そんな寒い日、幸四郎は防寒衣と頭巾を纏い、若い下役を従えて、湯川《ゆのかわ》まで馬を走らせた。

来春に開墾予定の入植地の冬を、一度視察しておかなければならないが、あらぬ騒動で延びのびになっていた。居留地の正月休みでぽっかり日が空いたため、村役人を道案内に立て出かけたのである。

枯れがれした広い原野を馬で回っていると、図面を広げる手はかじかみ、足の感覚が麻痺してくる。腹も減ってきた。

吹雪になる前に切り上げ、帰りがけに遅い昼飯をとることにした。

「舌の焼けそうな熱い汁でも、啜ろうか」

「何か、身体の芯まで暖まるものがいいですねえ」

　二人は凍えながら、そう言い合った。

「それなら、三平汁《さんぺいじる》がぴったりでありますな。帰りがけの街道筋に『福屋』という美味い茶屋があるで、この私の名前を言ってくだされや」

　年配の村役人の一言で、三平汁と決まった。

　三平汁は豪快な蝦夷料理である。

　囲炉裏にかけた鍋に、昆布の出汁《だし》汁をはって大根などの冬野菜を煮込んだ中に、塩引き鮭のブツ切りとアラを入れ、粕を溶かしてあつあつで食べる。

　村役人は吹雪になりそうだからと遠慮し、場所だけ教えてくれた。

　街道を戻ると市街地に入る手前の、道路から少し引き込んだ角に、『福屋』の提灯が見えた。鄙《ひな》には珍しく気の利いた田舎家ふうの茶屋だった。

　囲炉裏のある六畳間に通されると、急ぎ三平汁を注文する。

　手をこすり合わせて暖まっているところへ、主人が鍋と大笊を持って挨拶に現れた。

「主の又兵衛《またべえ》でごぜえす。さあさあ、あったまりますよ」

　主人は出汁を張った鍋をさっそく火にかけ、笊に盛られていた美味そうな野菜を放り込んだ。

「ジャガイモはほれ、丸ごと入れて、大根人参ネギは粗切りで、魚は鍋が煮えたってからです。北方じゃニシンやタラを入れるが、箱館あたりじゃ塩鮭が普通だべのう。お客さんが大勢さんだと、一匹丸ごとブツ切りでぶち込むんでさ。へえ、頭もアラも放り込みます」

主人は説明しながら薪を燃え立たせた。

「味つけは魚から出る塩と、酒と、粕だけで。ああ、お酒はよろしいかね」

「あいにくだが、今は職務中なので、酒は遠慮する。改めて呑みに来よう」

主人が去り、雑談しているうち鍋はぐつぐつ煮立ち始める。

見計らったように若い娘が出てきて、魚を入れ始めた。

美味そうだな……などと言いながらその顔を何げなく見て、アッと声を上げた。

いつかのあの美しいアイヌ娘ではないか。奉行所でチラと見かけた時は少女と思ったが、ここにこうして座っていると、十六、七の娘に見える。

幸四郎はこの娘を、もう一度運上所で見かけている。談判を控えていたから声も掛けなかったが、後で警固の役人に訊くと、どうやら母が病死して、親戚を頼って箱館に出てきて間もなく、遺骸を盗まれる事件に遭ったらしい。

ヘイジロウらから離れず、サチと皆に親しく呼ばれていたという。

「サチといったな。ここにおるのか」

思わず微笑んで声が弾んだ。

「あなた様は……」

サチの方も気づいて、驚いたように目を大きく見開いた。

「はい、今は昼間だけですが」

言い澱み、俯いて黙って鍋の中身を小鉢に取り分ける。いずれは夜も働くという意味か。

「今度のことでは、さぞ心配だろう。だが安心して待つがいい。そちの母御の遺骸は必ず取り戻してみせよう」

「………」

サチの長い睫毛から涙が転がり落ちた。

その彫りの深い顔を近くで眺めていると、イギリスで取り沙汰されているというアイヌ白人説が、あながち空想とばかりは思えなくなる。

幸四郎は、英国貴婦人や美人のスペイン女などを絵で見たことがあるが、サチもそんな特別の女に思え、胸が熱くなるのを覚えた。

慶応元年（一八六五）十一月二十二日、小出奉行は待ちかねたように、英国領事ワイスを運上所に呼び出した。

粉雪が舞い、鉛色の箱館湾に白い三角波の立つ、寒い日だった。

奉行は、これを最後の談判にする覚悟であった。

ワイスは、肥えた身体を暖かそうな毛皮に包んでやって来た。同行してきた書記は、のっぽのロベルソンである。

奉行には、組頭橋本悌蔵ら数人と幸四郎が立ち合い、通事が一人出席した。

型通りの挨拶を終えると、やおら小出奉行が先手を取った。

「英国は誠実をもって国体を建てていると承知しておるが、相違ござらぬか」

ワイスは探るような目で奉行を見、愛想よく言った。

「勿論ですとも。このたびの件でも、自分に出来ることは誠心誠意行っています。ただ人骨のありかが分からないため、公使の指図通りに計らうしかありません」

「では、その所在が判明したら、すみやかに差し戻すものと考えてよいか」

「それは当然です。今は所在が分からないので、お返しする手だてがない、というわけです」

言質《げんち》を取られそうになり、いささか口調が乱れ、水を呑んだ。

「しかし先般、インスリーを通じ、小使を差し戻したら人骨を返すと申し立てがあった。骨の保管場所は承知しているとも、インスリーから聞いておる。ところがそことは、骨のありかが分からないから返せないと言う」

小出奉行は、舌鋒鋭く矛盾を指摘した。

「それぱかりではない。前の談判で、トローン、ケミッシュらを罰すると約束したが、連中を町で見かけた者もおり、実行された様子はなさそうだ。国際間の交わりで、これほど不誠実な態度がなぜまかり通っておるのか。こんな道理に背くことが続けば、誠実をもって国体を建てているなど、誰が信じられようか」

するとワイスは薄ら笑いを浮かべ、肩をすくめて言った。

「自分に出来ることはしているつもりです。ただ何ぶんにも、骨が見つからないため困っているのです。知っている役人がいたら教えてほしいくらいのもので」

「貴公はそう言い張るが、骨のありかなら、それがしも、このロベルソンらも承知しておる」

「…………」

ワイスは青い目を燃え立たせ、かたわらのロベルソンを見た。

「何を証拠に、そのような言いがかりをつけますか」

「庄太郎が白状したのだ」

奉行があっさり言った。

「小使が承知しているものを貴公が知らぬはずはない。この先、どう隠しても隠し通せるものではない。ここらで腹をくくり、潔《いさぎよ》く骨を返すべきであろう」

「ならば骨のありかを、ここで紙に書いて示して頂きたい」

「今さら場所を聞いてどうなる。そのような不誠実で不正直な態度こそ、まず改めるべきではないか」

「ロベルソンを遣わしますから、場所を確認させてほしい」

「当方より場所を示しては、貴公と、貴国の立ち場が悪くなると思うが」

「隠し場所を知らないのです」

これには驚きの声が日本側に起こり、空気は険悪になった。臆面もなく言い募るワイスの態度に、幸四郎らは啞然としていた。この太々《ふてぶて》しさは肉食から来るものか。

小出の示す雅量はいかにも日本的であり、ワイスには通じない。

奉行は相手の面子《めんつ》を立て、向こうから返還を申し出たように気を配っているのだ。だがワイスは、鎌をかけているると疑っているのか。それとも最後まで知らぬ存ぜぬを押し通すことで、大英帝国の体面を保つつもりなのか。

机を叩く者や足を踏みならす者が続出し、これ以上の不毛な応酬を誰も聞こうとしなかった。

ワイスの顔はいよいよ赤くなり、絶句するたびに水を呑んだ。

小出も、さすがに参ったようだ。

「先日の話では、インスリーが隠し場所を知っているようだったから、ここへ呼び寄せるわけにはいかないか」

「インスリーを糺すのであれば、外国領事を二人立ち合わせなければなりません」

奉行は顔をしかめた。それは時間がかかりすぎる。

「役人を差し遣わすなら同行しますが」

「いや、そちらで確かめたらよかろう」

ついに小出奉行は王手《おうて》をかけた。

「英国居留民の家……特にインスリーの家を、糺してもらいたい」

奉行が口にした隠し場所に、どちらの側もざわめいた。

「召し捕えた庄太郎が、口を割ったのだ。初めて談判に参った先月二十六日、骨はまだ領事館にあった。その翌日、トローンとケミッシュが、空き樽や柳行李に詰め、領事館からインスリー宅へ運んだのだと……」

初めて談判に出向いた日、骨はまだ領事館内にあったのだ。

奉行の指摘はまさに図星だったため、さすがのワイスも首を振って黙り込んだ。もはや絶体絶命である。

インスリー宅から運び出そうにも、すでに奉行所役人に見張られていると察して、動かせなかったのであろう。

冷徹なこの奉行が、何の策もないまま、骨の隠し場所を言うはずがない。これで終わりだった。

「今からただちに糺すことにします」

もはや術策も計略も尽き果て、ワイスは掠れた声で言った。

「承知致した」

平静な声だった。骨を見るまでは信用ならぬ、となお警戒しているようである。

この日の夜中、英国領事側は、インスリー宅に保管していた十三体の人骨を、奉行所に返還した。

待ち受けていた奉行や幹部らと共に、幸四郎はその骨を確認した。

これにて一件落着。

……とはいかない。解決したのは落部村事件だけであり、森村の一件については、何も手をつけられていない。

十

その翌日、すなわち十一月二十三日朝、小出奉行は書状をワイスに送りつけ、十三体の人骨を入手したむねを通知した。

同じこの書状で、さらに二つのことを新たに申し入れたのである。

一つは実行犯のトローンらへの厳罰の実行。

もう一つは、森村でも起こった墳墓暴きについて、吟味の申し入れである。

森村の正確な被害は〝人骨三体、頭蓋骨一つ〟だった。

ワイスからの申し入れで、その翌二十四日、運上所にて吟味が行われた。

小出奉行は、組頭勤方ら数人を従えて赴いた。

だが幸四郎はこの日、落部村のヘイジロウらアイヌへの連絡など事後処理に追われ、これには参加出来なかった。

後で聞いた話は、想像を越えるものだった。ワイスと奉行との間で、これまでに劣らぬ壮絶なやりとりがあったというのである。

ワイスは、森村の事件は初耳だと言い張った。トローンらを罰する約束も果たしておらず、相変わらずのらりくらりの厚顔無恥な態度に終始したらしい。

「その件は今初めて知り、驚いています。早速調べてみるから、少し時間をくださ い」

と延期を申し入れたという。

その数日後、ワイスから届いた書状には、こう記されていた。

「森村から骨を発掘したのは確かだったが、当初から悪臭がひどかったため、海中に捨てたそうです」

奉行はただちにその件について役職を招集し、幸四郎もその座に顔を揃えた。

組頭や調役からは、口々に怒りの発言が飛びかった。

「長く土に埋まっていた骨が、悪臭などするはずがない」

「海に捨てたなどとは甚だ信じ難い」

「庄太郎の供述によると、骨は丈夫な箱に収められ、念入りに釘を打たれ梱包されて、運ばれて行ったと……。海中に棄てられるものなら、それほど丁寧に扱われるだろうか。それはすでに手の届かぬ遠方に船で運ばれてしまったのではないか」

黙って聞いていた奉行は、最後に頷いて言った。

「この四体はすでに船で本国に運ばれ、博物館に売り飛ばされたと思う」

おおかたその通りだろうと一同は頷き合い、骨は日本にはないという点で、意見は一致した。

ならば今後、どう手を打つべきか？

問題はそこだった。どこかで、事件を終わらせるとしたら、それはいつなのか。

あの性悪な領事との、いつ果てるとも知れぬ不毛な掛け合いを思うと、誰もがうんざりして頭を抱え、口数も少なくなった。

皆が黙り込んだ時、小出奉行は言った。

「骨がたとえ海中にあろうと、英国にあろうと、この事件が一件落着するのは、四体の骨が返還された時である」

はっと空気が引き締まった。

「それが、踏みにじられたアイヌへの礼儀であろう。これでまかり通ると思っている傲慢を糺すためにも、徹底的にやらねばならぬ。海に捨てたのなら、海中から引き上げてもらう。大英博物館に陳列されているなら、船で送り返してもらう。諸君もそう心得て、最後までついてきてもらいたい」

期せずして拍手が起こり、鳴り止まなかった。

幸四郎は公務が早く終わった日、馬を走らせた。あの『福屋』まで一駆けし、母親の骨が返ったことを、サチに知らせてやりたかったのだ。

双手を上げては喜べない点もあった。十三体のどれが誰の骨やら、もはや見分けはつかないだろう。また今は雪で山道が塞がれているから、しばらく奉行所で保管し、落部に運ばれるのは雪が解けてからになるだろう。

だが異人どもの見世物にもならずに、ともあれ家族の待つ故郷の土に帰ることが出来る。そこには奉行以下の、熱い思いがこめられていたのだった。

サチの喜ぶ顔を見て、ささやかな祝杯を上げたかった。

弾む気持ちを馬に託し、雪道を軽やかに駆けた。街道筋から小径に入った時は、もう薄暗かった。

長居をせずに一杯呑んで帰るつもりだったから、庭先の木に馬を繋いだ。軒提灯が艶かしく灯っている玄関まで、きれいに雪が除かれていた。

「ごめん」

玄関先で呼ばわったが、誰も出てこない。中からは笑声やざわめきが聞こえているから、客が混んでいて手が回らないらしい。

勝手口に回ってみることにした。席がなければ、サチに朗報を伝えるだけでよかった。

十数歩進んだ辺りで、ハッとして足を止めた。

少し離れた木の陰に誰かがいるようなのだ。自然とそちらに目を凝らすと、そこにいるのは一人ではなかった。その様子からして二人は男女であり、木陰に身を隠すようにしてどうやら抱擁しているのだった。

もう薄暗かったが、幸四郎にはそれが誰だかすぐに分かった。

すがりつくように身をもたせている小柄な女はサチに違いない。何があっても離すまいとするように抱きしめているのは、あのトリキサンという体格のいいアイヌの青年ではなかろうか。

何か囁く声がし、嗚咽するような低い声が耳に届く。

二人は恋人同士だったのか。

おそらく青年は、骨が戻ることになったという朗報を、はるばる落部村から、知らせに来たのではないか。娘はそれで泣いているのか、別れを惜しんでいるのか。

そろそろと後じさりで戻りながら、幸四郎は小さな嫉妬を覚えていた。

足を忍ばせて庭を出て、馬の繋ぎをほどき、馬上の人となった。

祝杯まで考えていた相変わらずの自分の甘さに、苦笑するばかりだが、あの二人の愛の姿に何かしら清冽なものが感じられるのが、どこか心地良かった。

あの若者から聞く方がサチも嬉しいだろう。

さあ、帰るぞ、と馬の腹を蹴った。

十一

十二月二十八日は仕事納めの日で、大広間でささやかな宴があった。

太鼓が鳴って奉行が退庁してから、各部署の溜部屋でさらに打ち上げがあった。恒例なので、奉行から菰樽が差し入れられている。

「いやァ、今年はひどい年だった。今までで一番ひどい」

酒が入ると、真っ先にぼやいたのは、〝早川代行〟とあだ名で呼ばれる早川正之進である。かれは今日限りで引退し、隠居することになっている。

カッヘルがよく燃えて、室内は額に汗が滲むほど暑かった。

「これまでの長い奉行所勤めで、こんな骨騒動は初めてだ」

「いや、某国領事も、ぼやいてるでしょうな。普通ならドル五百枚で手を打つところ、とんでもない奉行にぶち当たって、あちらもさんざんだろう」

誰かが言うと、笑いになった。

「生麦事件といい薩英戦争といい、我が国には鬼門ですなあ、エゲレスは……」

そんな会話を交わしながら茶碗酒が酌み交わされ、機嫌の良い笑声があちこちから聞こえた。

年内の公務が終了し、明日から正月休みに入るのだ。江戸と違って、薪代としてそこそこの手当が支給され、それが皆の心を暖めていた。茶碗で酒が振る舞われ、呑み尽くせばお開きになって、皆は家庭に帰って年越しの準備に入る。

無礼講だったから、重い口も軽くなり、簡易ながら酒宴は盛り上がった。通事の一人が、こんな逸話を話して笑いを取った。

小出にやり込められた領事ワイスが、悔し紛れに〝あの男は幕府の優秀なウオッチドッグ（番犬）だ〟とどこかで言ったとか。その話が巡り巡って、ある異人から奉行の耳に入った。

すると小出は大笑いして言ったという。

「はっはっ……結構結構、旗本とはそんなものだ。かの国の官吏は、同じドッグでも、ラクーンドッグと呼ぶのだろうな」

ラクーンドッグって何だ、という声に通事は笑って答えず、座に加わっていた幸四郎が代わって答えた。

「タヌキです」

一呼吸遅れて、笑いが渦巻いた。

「出来過ぎだ、第一、お奉行は英語が分かるのか？」

誰かが突っ込むと、通事が頷いた。

「秀才で誉れ高い御方ですから。ミスタ・ブラキストンとは、通事なしでカタコトで話されますよ」

すると少し酒の入った早川代行が、小出奉行とブラキストンのなれそめ秘話を、ここだけの話……と断って語りだした。

ブラキストンは二年半前に箱館に来たのだが、その頃に、挙動不審で密偵と疑われ、奉行所に捕まったというのである。

遠眼鏡を首にかけた異人が、箱館山山麓をうろつき回っていて、弁天砲台や、旧奉行所のあたりを眺めている、という通報が通行人から寄せられた。この通報で警邏中の役人が駆けつけ、訊問するにも言葉が通じないので、奉行所に引き連れてきた。

奉行所で糺されたブラキストンは、自分は〝南太平洋商会日本支社〟の代表であり、鳥類学者でもあると申し立てた。

だが誰も信じず、奉行が直々に糺すことになり、早川代行も出席した。小出はこの二歳上の、颯爽として爽やかな鳥類学者に会い、通事を挟んでしばし歓談した。

ブラキストンは、以前に一度箱館に来て、すっかり魅せられたという。上海などに比べてずっと涼しくて、鳥類も豊かに飛来して来るので、大いに気に入って住むことにした、今後もここに腰を据え商売と研究を続けたい……と。

話が終わると、奉行はこの人物をあっさり帰してしまった。

抗議する役人に対し、小出は言った。

「密偵が遠眼鏡を首からブラ下げて歩くものかね。見るからに怪しいではないか」

実は幸四郎はこの日の午前、珍しく小出奉行に執務室に呼ばれた。

今日は何か予定があるか、といきなり切り出されて、幸四郎は一瞬鳩尾《みぞおち》の辺りが引き締まった。

「いえ、特にございません」

「それは重畳《ちょうじょう》、実は少し話がある、ついては後で宅へ参れ」

宅とは、小出の役宅のことか。

話とは何だ？

幸四郎は身を固くして、言った。

「はっ、心得ました」

「そう固くならんでもいい。ごく些細な話だ、軽く酒肴《しゅこう》の用意もする。酒はいける方だったな」

「はい、ウワバミとまでは参りませんが」

「それは良い。七つ半ごろ（五時）、そこの渡り廊下から来るように。源七《げんしち》に案内を頼むがいい」

源七とは若い近習で、いつも奉行詰所の隣りの近習詰所にいる。

約束の時刻がもうすぐ迫っている。気詰まりな緊張をほぐすために、幸四郎は少しずつ茶碗酒を空けていた。

小出奉行は下の者には優しいとの評判だが、上の者には決して優しいとは言えない。特に幸四郎には笑顔を見せることもなく、何かにつけ厳しくあしらわれてきた。

今夜の突然の招待について、幸四郎は疑心暗鬼に駆られていた。

最近たまに家に遊びに来るようになった捨丸が、近隣で話題になっているらしい。たぶんそのことだろうと思う。言われたら、それなりの申し開きは出来るつもりだ。いや、早川代行の言い草ではないが、今年はひどい年だったから、配置変えがあるのかもしれない。そうであれば、自分は江戸に帰されるか、さらに蝦夷の奥地に飛ばされるか。

この十二月は、わけてもひどい月だった。

落部村事件は解決したが、その実行者は未だに罰せられていないばかりか、堂々と町を闊歩している。

新たに発見された森村の盗掘事件を巡っては、骨は海中に捨てたからどうにもならぬ、とワイスは見苦しく突っ張っている。

最初は四体と報じられていた人骨も、三体だったと訂正され、通事の翻訳の間違いだと言い張る有様である。

それに対し小出奉行は、海中に捨てたのであればその証拠を出すべきだ、と強硬に談判した。

またも奉行と領事との間で、駆け引きの舌戦が繰り広げられた。だがまたもワイスは逃げ切れず、ついに海中から人骨を拾い上げる羽目にまで追い込まれていた。

ただし、骨は松前沖に捨てたため、少し時間がかかるという。来年早々には骨を返すという約束を取り付けて、ようやく正月休みに入ったのである。

新年の新たな戦いに向けて、強力な布陣を考えているだろう。

小出奉行が何を考えているか、未だに幸四郎は摑めなかった。お歴々と酌み交わすより、馬丁や若い近習との盃のやり取りが多く、時には酔いが回って沈没することもあるという。

だが幸四郎は、そんな奉行の姿を見たことがない。

酒が入るとまるで借りてきた猫のようになり、何を言っても、うんうんと頷くばかりで、荒れもしないが潰れもしなかった。

そんな得体の知れぬ人物と、一対一で呑むのか。

そう思うだけで、心身が硬直してくる。

奉行所の表玄関から執務室まで続く、長廊下を思い浮かべた。その突き当たりは黒塗りの戸で、そこには萩、尾花、桔梗《ききよう》、撫子《なでしこ》、女郎花《おみなえし》、葛《くず》、藤袴《ふじばかま》の秋の七草が描かれている。

江戸の一流絵師に描かせたのだろう。なかなか情趣豊かに花がからみ合い、それを見る度、その花野を通ってどこか遠い原野へ誘われるような想像をかきたてられるのだ。

その裏側、つまり役宅側には、春の七種《ななくさ》が描かれているそうだが、幸四郎はまだ見たことがない。見る時が来るとも思っていなかった。

戸の向こうはかれにとって、明暗に満ちた、謎めいた迷宮だった。

幸四郎が皆に仕事納めの挨拶をして溜部屋を出、詰所に源七を訪ねたのはきっちり七つ半だった。

十二

源七に先導されて渡った廊下は、冷え冷えと静まっていた。

案内されたのは、六畳に床の間と違い棚のあるだけの質素な小座敷で、銅製の大きな火鉢に炭火が赤々と燃えていた。だがそれくらいでは座敷は暖まらず、隅からしんしんと冷えが迫ってくる。

火鉢の横に置かれた座布団に腰を下ろすのを見届けて、源七は姿を消した。森閑とした屋敷のどこか遠くで、子どもの遊ぶ声がしている。

床の間の備前の壺に寒椿が一輪。

掛け軸には〝除夜〟という漢詩が書かれている。年末に相応《ふさわ》しいものを出したのだろう。

〝旅籠の寒燈の下、独り眠れず〟と読み下していると、廊下に足音がして小出本人が入って来た。

紺縮緬《ちりめん》の丹前《たんぜん》に博多織の細帯をしめ、丹前と揃いの茶羽織、紺足袋という初めて見るくつろいだ身なりである。

「やあ、よく来た。楽にせい」

言いながら火鉢の向こう側に、どっかりと座る。

そこへ茶の盆を持って現れたのは、日頃から顔見知りの女中頭お勝だった。お勝は丁寧に頭を下げて茶を出し、火箸で手早く炭火を掻き熾して、静かに出て行った。

小出大和守は茶を一口啜っておもむろに言った。

「この度はご苦労であった」

「は……」

幸四郎は全身がカッと熱くなるのを感じた。

庄太郎捕縛に功があったことを、言っているのだろう。だがこの奉行から労われると、むしろ驚き面くらってしまう。

「そなたも漸《ようや》く、調役らしくなったな」

「いえ、とんでもございません」

「あの小使は、ワイスには思いがけぬ番狂わせだった。庄太郎さえ隠しおおせたら、強引に逃げ切ったところだろう。庄太郎にしても、そなたのおかげで消されもせず、命拾いしたはずだ」

「すべて、ロシア通の志賀浦太郎のおかげです」

「ふむ。あの者がロシアに行かなくて良かった」

その辛い冗談に、幸四郎は思わず頬がゆるむ。

「志賀のことは覚えておく。あれはまだ若い、いずれいい季節も巡って来よう。そなた、箱館に来て何年になる」

「一年半です」

「早いものだな。どうだ、蝦夷地の感想は」

「はい、予想とはだいぶ違いました」

「どう違っていたか」

「つまり、その……気候も含めて、厳しさが骨身に沁みました。特に今回の談判には圧倒されっ放しでした。ほぼ毎回立ち会いに加えて頂けて、大変勉強になりました」

毎度のように談判に立ち会えたのは、奉行がこの未熟な新参者に、この国の置かれている現実を見せたかったからだと、幸四郎は承知している。

「江戸を発つ時、柴田様《しばた》から〝寒い蝦夷で熱い汗をかいてこい〟と言われましたが、まさにその通りになりました」

「柴田殿が……蝦夷で熱い汗をかいてこいと？　ははは……」

懐かしい名前が出たためか、小出は珍しく、いきなり笑いだした。

柴田剛中《たけなか》は、江戸で幸四郎に箱館行きを言い渡した上司で、外国奉行である。小出より十歳上だが、二人はかつての同僚で親しかった。

「そなたを蝦夷に奪われて、柴田殿は悔しまぎれに言ったのだ」

小出がいかにも可笑《おか》しそうに笑ったので、おや、と幸四郎は目を上げた。

まるでかれが幸四郎を、柴田の配下から引き抜いたかのごとき口ぶりである。

箱館赴任は、佐絵の父親の陰謀だったはずだ。

「まさかそのようなことは」

当たらず触らずに言いかけると、

「いや、支倉を箱館によこせと私が申し入れた時、柴田殿は断ったのだ。支倉は蝦夷には似合わん男だとな、ははは。そんなことがあるものか、と私は諦めずに画策した。

私の目に、どうやら狂いはなかったようだ、ははは」

珍しく声を上げて笑う姿を、幸四郎は呆気に取られて見守った。奉行はすぐにその濃い一文字眉を引き締めて、言った。

「そなたももう承知だろうが、これからの箱館は、大変な修羅を迎えることになろう。徳川に万が一の事態が起こったら、諸外国は、蝦夷を切り取り自由とばかり、侵入してこよう。うかうかしてはおれぬぞ」

幸四郎は沈黙していた。どうやら自分は、とんだ勘違いをしていたのかもしれないと思った。

「そなたはまだ若いが、いずれはこの奉行所を背負って立つことになる。気を抜かずに励め。ただし……今夜は別である」

幸四郎のとまどいを尻目に、小出は手を叩いた。

するとややあって廊下の障子が静かに開き、そこに一人の女人がうやうやしく頭を下げて座っていた。

「妻《さい》の琴だ」

小出がやや照れたように紹介すると、

「琴にございます。お初にお目に掛かります」

と挨拶され、幸四郎はどぎまぎして、無骨に頭を下げた。

「支倉です、お見知りおきを」

「お噂はかねがね、お勝から聞いております。先日は薬を届けて頂き、おおきに有り難うございました。今宵はごゆるりとおくつろぎを……」

その口調の端々に京訛りが滲んで、お琴が丹波出身の京女だったことを、幸四郎は思い出した。丹波福知山城は、その昔、明智光秀《あけちみつひで》によって築城されたが、その城を、江戸二百年にわたって治めたのが朽木《くちき》氏であり、お琴はその一族という。

上げた顔は島田髷がよく似合い、眉を落としてはいるが、佐絵によく感じが似ていた。若い時分はさぞ美人だったろう。

いや、今二十六、七のはずで、まだまだ若い。子どもを何人も生んだとは思えぬほど、ほっそりしていて、清楚だが笑うとしっとりと大人の色気が漂う。

「あちらに支度が出来ておりますから、さあどうぞ」

お琴の言葉に、幸四郎は座を立った。

案内されたのは、おそらく屋敷の中心に位置する広い部屋で、開けた戸から、煮物の匂いのするほっかりと暖まった空気が流れてくる。黒光りする板敷きの真ん中に、大きな囲炉裏があった。

囲炉裏には火が燃え、大鍋が掛かっている。

この囲炉裏の間に、小出奉行は身分の上下を問わず客をよく招き、季節の鍋を囲んで酒盛りに興じる、と後で聞かされた。

今夜も囲炉裏端に、すでに三人の先客がいた。

奉行の片腕と言われる組頭橋本悌蔵と、目付織田市蔵、それに先般江戸から帰ったばかりの調役がいた。三人は江戸の情勢を熱心に聞いていたが、幸四郎を見ると頷いて笑いかけてきた。

すでに知らされていたのだ。

やがて主人が入って来て着席し、少し遅れてあの早川代行があたふたとやって来た。庁舎での打ち上げはなかなか終わらず、奉行所の戸締まりを理由に、やっとお引き取り願ったという。

それを合図に、宴が始まった。

女中たちの先頭に立って、お琴自らが酒の膳を運んで来る。宴に花を添えるその華やいだ姿を見るにつけ、佐絵を改めて思わずにはいなかった。

この箱館赴任は、長岡政之介の差し金とばかり思っていたが、そうではなく、小出奉行の強い要請だったのだ。そうと分かってみると、思いはさらに複雑だった。

佐絵が、厳重に両親から足止めされていたのではないなら、見送りにも来ず、手紙も書かない理由は一体何だったのか。

謎はさらに深まり、新たに失恋したような気分である。

座は江戸の話題でもちきりだったが、幸四郎はそんな思いに囚われて座談には加われない。一人盃を重ねていると、誰かがどっかりと前に座った。

「あ、早川代行」

幸四郎は慌てたが、相手は手を振って自分の徳利で盃を満たした。

「おぬしも、来年はそろそろ身を固める時期であるな」

「あ、いえ……」

「それがしも来年は隠居だ。おぬしにいい嫁御を見つけてやるのが、最後のつとめだと心得ておる」

「いえ、滅相もございません」

「ははは、まあ、呑め」

盃を受け、一気に呑み干した。酒が内腑にじんわりと染み渡る。

早川はそのまま座り込み、そばにいた江戸帰りの調役と盃を交わし、何やら話し込んでいる。

幸四郎は、奉行の思いもよらぬ話で頭が混乱し、また妙な緊張もあって、酒の回りがいつもより複雑だった。陶然とも、鬱々ともつかぬ混沌とした気分に浸っていると、ふと耳に入ってきた言葉がある。

「……噂では、長岡殿の娘御は先般、嫁いだそうだ」

江戸帰りが言っている。幸四郎はハッと、耳に神経を集中した。佐絵が嫁いだと？

一体誰に、何故、いつ……。

「誰か唄でも唄わんか」

囲炉裏の向こうからこちらを見ていた小出奉行が、急に言い出した。

奉行も知っていたのか、と疑心暗鬼に駆られ、世の中誰もが承知していることを、いつも自分だけが知らない、という妄想に捉えられ、一瞬深い酔いを覚えた。

「自分が唄います。蝦夷に来てすぐ、江差追分を覚えました」

そう言い出す自分を、幸四郎は頭の隅で他人のように見ながら思う。

おいおい、何を言い出す、江差追分など唄えんぞ、ここで醜態をさらす気か……。

「カモメの鳴く音にふと目を覚まし……あれがエゾ地の山かいな……」

覚えているのはそこまでだ。

頭の中が急に混濁し、賑やかな拍手の音が遠のいていき、周囲が真空になった。

〈後書き〉新シリーズを始めるにあたって

凄腕《すごうで》の箱館奉行を知っていますか？

箱館が函館となったのは、明治維新の翌年でした。蝦夷が北海道と改められた明治二年（一八六九）、箱館も函館に変えられたそうです。

何か漢字にまつわる縁起にこだわってのことかと思ったら、箱と函が混同されて紛《まぎ》らわしいので、「函」に統一されたらしく、たぶんこの字の方が書き易かったのでしょう。

私は横浜生まれの函館育ちで、昭和二十八年頃からほぼ二十年、この町で過ごし、山麓にあった小、中、高に通いました。造船技師だった父の関係で横浜、小樽と港町を転勤し、最も長かったのが函館でした。おかげで今も訛りが抜けず、気分もずっと函館人です。

ですが子どもの頃からつい最近まで、〝箱館〟は馴染みがなく、遠いお江戸の異郷のように思い、奉行所や五稜郭戦争やらには何の関心もありませんでした。

ところが三年前の函館旅行の折に、たまたま箱館奉行所が復元されたばかりと聞いて、時間潰し（すみません）に覗いてみたのです。

へえ、これが奉行所というものか……と意外に新鮮だったため、帰ってから古地図を開いてみて、驚きました。函館山山麓にあった我が家は、お奉行様の時代、遊廓のあった山ノ上町に、すっぽり嵌《は》まるではありませんか。

高校への行き帰りに横目で見ていた、鬱蒼と木立に囲まれた謎の一画は、奉行所が五稜郭に引っ越す前の、旧奉行所跡でした。新選組が駐屯所を置いた場所に、学び舎の小学校があり、中学は山ノ上遊廓あたり、高校はロシア病院のすぐ近く……。

見ているうちに、頭の中で急に歴史が動きだしたのです。

そこで初めてこの町の歴史を紐解いてみて、びっくりでした。箱館は松前藩に属しているとばかり思っていたのに、幕府の直属でした。役人も文化も、お江戸から直接来ていたのです。さらに驚いたのは、江戸表から送り込まれる箱館奉行たちが、傑物揃いだったことです。幕末の箱館は、想像以上に重要な前線基地だったということでしょう。

中でも凄腕は、最後から二人めの奉行小出大和守《こいでやまとのかみ》です。

こんな人物が箱館奉行所にいたなんて、知らなかった。

また新選組が五稜郭に立てこもったことは知っていても、最後の奉行杉浦兵庫頭《すぎうらひょうごのかみ》が、奉行所の終焉まで残り、命を賭して住民を守ったことは知りません。手柄を立てても、もう出世の道などありはしないのに、滅びゆく幕府を最後まで支え続けた無名の幕臣の姿には、心打つものがあります。

今までお江戸を舞台に『日本橋物語』を書いてきた私は、今度は舞台を北に移し、幕末の箱館奉行所を背景にして、新たな物語を探してみたくなりました。

そんなわけでこの『箱館奉行所始末』では、実在の人物、歴史上の事件を背景に、フィクションの主人公が動き回ることになります。

本書を書くにあたって、特に第五話の、英国人が引き起こした墓暴き事件では、『アイヌ墳墓盗掘事件』（小井田武著）を大いに参考にさせて頂きました。

その他にも次に挙げる書物には、資料として大変お世話になりました。心より御礼申しあげます。

森 真沙子

『最後の箱館奉行の日記』田口英爾　（新潮社）
『幕末維新　えぞ地異聞』北国諒星　（北海道出版企画センター）
『幕末維新　えぞ地にかけた男たちの夢』北国諒星　（北海道出版企画センター）
『異星、北天に煌めく』北海道ノンフィクション集団　（北海道出版企画センター）
『幕末おろしや留学生』宮永孝　（筑摩書房）
『北海道「海」の人国記』伊藤孝博　（無明舎）
『北海道いがいいがい物語』合田一道　（幻洋社）
『函館沿革史』福岡竹次郎　（旭堂）
『和田山町の歴史』　（和田山町史編纂室）
『英外交官の墓荒らし』浜靖史　（文芸社）
『函館市史』函館市史料編纂室

時代小説

二見時代小説文庫

箱館奉行所始末《はこだてぶぎょうしょしまつ》 異人館《いじんかん》の犯罪《はんざい》

著者 森《もり》 真沙子《まさこ》

発行所 株式会社 二見書房
東京都千代田区三崎町二－一八－一一
電話 〇三－三五一五－二三一一［営業］
〇三－三五一五－二三一三［編集］
振替 〇〇一七〇－四－二六三九

印刷 株式会社 堀内印刷所
製本 ナショナル製本協同組合

落丁・乱丁本はお取り替えいたします。
定価は、カバーに表示してあります。

 ISBN978－4－576－13174－0
http://www.futami.co.jp/

やらずの雨 日本橋物語7

森 真沙子［著］

出戻りだが病いの義母を抱え商いに奮闘する通称とんぼ屋の女将お瑛。ある日、絹という女が現れ、紙問屋若松屋主人誠蔵の子供の事で相談があると言う。

お日柄もよく 日本橋物語8

森 真沙子［著］

日本橋で店を張る美人女将お瑛に、祝言の朝に消えた花嫁の身代わりになってほしいという依頼が……。多様な推理小説を追究し続ける作家が描く下町の人情

桜追《はな》い人 日本橋物語9

森 真沙子［著］

美人女将お瑛のもとに、岡っ引きの岩蔵が凶報を持ち込んだ……「両国河岸に、行方知れずのあんたの実父が打ち上げられた」というのだ。シリーズ第9弾！

冬蛍 日本橋物語10

森 真沙子［著］

天保の改革で吹き荒れる不況風。日本橋も不況風が……。賑わいを取り戻す方法を探す、女将お瑛の活躍！天保の改革に立ち向かう江戸下町っ子の人情と知恵！

枕橋の御前 女剣士 美涼1

藤 水名子［著］

島帰りの男を破落戸から救った男装の美剣士・美涼と剣の師であり養父でもある隼人正を襲う、見えない敵の正体は？ 小説すばる新人賞受賞作家の新シリーズ！

姫君ご乱行 女剣士 美涼2

藤 水名子［著］

三十年前に獄門になったはずの盗賊と同じ通り名の強盗が出没。そこに見え隠れする将軍家ご息女・佳姫の影。隼人正と美涼の正義の剣が時を超えて悪を討つ！

公家武者 松平信平《のぶひら》 狐のちょうちん
佐々木裕一［著］

後に一万石の大名になった実在の人物・鷹司松平信平。紀州藩主の姫と婚礼したが貧乏旗本ゆえ共に暮せない。町に出ては秘剣で悪党退治。異色旗本の痛快な青春

姫のため息 公家武者 松平信平2
佐々木裕一［著］

江戸は今、二年前の由比正雪の乱の残党狩りで騒然。背後に紀州藩主頼宣追い落としの策謀が……。まだ見ぬ妻と、舅を護るべく公家武者の秘剣が唸る。

四谷の弁慶 公家武者 松平信平3
佐々木裕一［著］

千石取りになるまでは信平は妻の松姫とは共に暮せない。今はまだ百石取り。そんな折、四谷で旗本ばかりを狙い刀狩をする大男の噂が舞い込んできて……。

暴れ公卿 公家武者 松平信平4
佐々木裕一［著］

前の京都所司代・板倉周防守が黒い狩衣姿の刺客に斬られた。狩衣を着た凄腕の剣客ということで、疑惑の目が向けられた信平に、老中から密命が下った！

千石の夢 公家武者 松平信平5
佐々木裕一［著］

あと三百石で千石旗本。信平は将軍家光の正室である姉の頼みで、父鷹司信房の見舞いに京の都へ……。松姫への想いを胸に上洛する信平を待ち受ける危機とは？

妖《あや》し火 公家武者 松平信平6
佐々木裕一［著］

江戸を焼き尽くした明暦の大火。千四百石となっていた信平も屋敷を消失。松姫の安否を憂いつつも、焼跡に蠢く悪党らの企みに、公家武者の魂と剣が舞う！

十万石の誘い 公家武者 松平信平7
佐々木裕一［著］

明暦の大火で屋敷を焼失した信平。松姫も紀州で火傷の治療中。そんな折、大火で跡継ぎを喪った徳川親藩十万石の藩主が信平を娘婿にと将軍に強引に直訴してきて…